阳阳/著

炼·爱

True Love

上海三联书店

最终，

　　你和我，无处可逃，

在地狱与天堂之间，

　　　　经受冰的沸点、火的冰点。

目 录

如果，下一站，不能安居在失乐园，却成陌路。不如现在，让我烧尽一个森林的火势加倍爱你，留到以后依赖灰烬里的余温一个人好好生存。

前　言 ————————— 1

一、炼·爱 ————— 1

绝版情义 /3

安之若素 /6

假如我是王菲 /9

美丽的意外 /13

对话练习 /17

遛车 /21

诺亚方舟 /24

盲眼的骏马 /28

没有人可以像你一样 /33

公主，晚安 /37

你不是哈佛毕业的潘金莲，又怎么能要求他是坐怀不乱的比尔·盖茨。

不如，任由他给你一张白粉天网，任由你给他一个红袖陷阱。公平地爱起来再说。

哪一段爱情是事先设计好的样板？

真爱有敌 /41

最后的等待 /45

讲不出的告别 /49

离别曲 /54

青春祭 /58

误点梦 /62

石头记 /67

爱是难舍难分 /72

2004年的那场雪 /77

补玉 /82

伤痕牛仔 /87

人间四月天 /90

二、红袖添乱 —— 95

爱上MBA男人 /97

你的样板男人 /100

高龄少女 /103

双面小妖 /106

何止十诫 /109

美女配备 /113

红粉杀手 /116

她要上路 /119

单身军规 /122

职场歪门 /125

NEET 当红 /128

何必精英 /131

快乐的子弹 /133

伪单身女子 /136

流言，就是犹如在水上写字，在空中说话。

流言，流过茫茫人海，最终了无痕迹。

像一首歌里唱的：要不是眉头堆积尘埃，我怎

么知道你曾经等待……

如果已经海啸，那么让毁灭早点来临。爱就

爱了吧。人世间给予我们的就那么吝啬。只要妥

协一次，我们就会变得软弱。然后，那种软弱就

成了惯性

三、流 言 —— 139

情雪 /141

十年 /145

两极 /148

彼岸花 /151

明年今日 /157

爱情黑匣子 /160

吃苦的幸福 /163

明亮的忧伤 /165

最终的相遇 /167

爱是永恒 /172

飞渡岁月 /175

极乐世界 /178

生日礼物 /181

当风情遇上风霜 /184

告别纯真年代 /187

心无灵犀 /190

月光倾城 /193

那些花儿 /196

尘埃落定 /199

四、锦衣夜行 —— 225

写意西藏 /227

上一站,南非…… /245

花心语录 —— 271

后 记 —— 300

前　言

　　我不喜欢写前言后记，觉得无法胜任一种为写而写的文字。

　　我不善于总结，还有检讨。

　　关于感谢和恩义，我只记在心里，时时有，却不会表白。

　　从前我希望自己做一个有弹性的人，所谓的"能屈能伸"，可越来越觉得周围的人当中太多的都是这样的"楷模"，缺少的是执着和寂静的人。而这样的执着和寂静是无法被猜度被模仿被分享的，所以也是最珍贵的。

　　堵车的时候，直播室放歌的时候，失眠的时候，我常常会突然想找某个人说话。当他或她不在我身边，我习惯凌乱地像写信一样写下来。后来就发现变成了私人的收藏。

　　我的前言，就是这样的私人收藏，就是——

写给过去的后记

2005 年 6 月 11 日　　周六　　写给 KAVA

好久不见你，我亲爱的朋友。突然想起那天你说，你希望自己暖和的身体里只有安静的有节奏的心跳，而没有私心杂念。

可是，我为什么做不到？

所有琐碎的事物被混合、浓缩、提炼、再提炼，最终凝固成一个纯粹的概念，忙碌和欢娱之后，依然感觉心被触痛——那种痛一定要把人逼出眼泪来。

这世上有很多人可以让我笑，他，却是为数不多可以让我哭泣的人。

我的记事本里最痛的一页是他，所以不敢翻开。尘封住。关于他的每个念头，形成了海拔 8000 米的空气，稀薄得让我窒息。

我曾经苦苦地逼问自己：如果互相折磨才是爱。那么难道要我把爱浸在福尔马林溶液里才能永恒吗？

亲爱的朋友，我突然想找你说话，像以前这样喝酒。给你写这些字的时候，天已经亮了，整个城市的声音都泼在对面的屋顶上。我提醒自己：怀旧的时间、流泪的时间都过了。

我想去看看你开的店。那里也卖一些打口的唱碟，还有二手乐器或者海报以及少量书籍杂志。英文名字是

"SOUL"，你对有些人称自己的店名是"灵魂"，而对有些
人则把店名称为"骚"。

你记得吗？那里面的一间屋子更小，容得下一个沙发
床，一个小冰箱以及旧的微波炉。你曾经用手一指说，沙
发上的手提电脑可以上网，宽带，所以你24小时挂在网上，
但通常潜水。冰箱里有很多酒，你总是劝人家："最好别碰
KAVA，否则小心舌头发麻意识模糊。"可你不会这样劝
我。你曾经在很长一段时间里就叫我KAVA。

现在，我已经不是KAVA，该轮到我叫你KAVA了。

2005 年 6 月 25 日　周六　写给木瓜

我进家门的一刹那心里非常紧张。这里已经满是灰尘。
这里是我们几乎就要成真的家。

那个可可木做的闹钟的红绿指针停在两点三十八分。
我不知道那是一个失眠的凌晨还是一个和阳光一起跳舞的
午后。总是，他们停止在那一瞬间。带着一个永远孤独的
秘密。

就像我俩国度里的每一句暗语，我们的默契与无奈，
还有我们一年一年过去的岁月。

与君初相识，犹如故人归。人生孤寂，生死都是一个
人，在有限的缘分里，可以说一段时间"我们"应当珍惜。

我的KAWAI钢琴很旧了。但是我在上面即兴弹出了
陌生的旋律。那调子在我醒来后仍然可以想起来。还是重
复那个梦里的场景：春天的塞纳河涨潮了，河水漫过堤岸。

白天，你说：假如我们再回到从前，会怎样？

我们怎么可以再回去，然后重新来过？彩排的事情我不参与。甚至，我在我的电影里都从来不用替身演员，都是亲自上阵，粉身碎骨也沉默担当，血迹只当是樱花绽放。

你想什么我怎么会不知道？我想什么你怎么会知道？

消灭痛苦的办法就是原谅，你说我们的错误在等待宽恕。时光在慢慢地消逝，我们在时光的消逝里慢慢地消逝。

彻夜难眠，翻出欧洲史来读。

翻到那一晚的战争，没有用一兵一将，西班牙打下格拉那达城。因为年轻的皇帝阿卜迪拉决定弃城而走。

不是因为他不爱自己的国家，而是因为他继位的时候一切已成定局。他知道自己没有能力力挽狂澜，不想自欺欺人地摆弄几个英勇对峙的姿势，不想让冠冕堂皇的对仗殃及无辜生灵。想必，年轻的君王从边门出宫，为自己守不住功业而暗自垂泪。然而，是他成全了一个王朝一段历史结束得如此平和。

所以，阿汗拉布拉宫里最细微的雕刻仍然无损地微笑到今天。余秋雨将这座宫殿的美丽称为"死前细妆"。我似乎感觉到了一种绝望中的平静，知道自己时日不多，也顾及不了世人的评论，无法在乎成败的得失，只将所有的心思放在这最后一晚。

那一天，是1492年1月2日。

我觉得，相对于你而言，我就是那个年轻的君王阿卜迪拉。我把每一晚当成是最后一晚。

2005 年 6 月 30 日　周四　写给我

往事突然像洪水一样涌出来。

我听到窗外有车轮碾过柏油马路的声音。夜晚并没有从前那样宁静。那些女人的幸福我虽然都拥有，但是我把自己最爱的东西拿去做了交换。我怕有一天我后悔，可难道要我干脆把我最爱的东西毁灭才心甘！

我尽量不去回想。可是在半夜突然惊醒依然泪流满面。缘分有时候对于某些人来讲，很甜美，对于另外一部分人来讲，却是残酷。陌生人可以变成我的亲人，将和我共度余生。可我却要在没有你的地方成长。

刚刚看外婆的《圣经》。看到索多玛和俄摩拉两座罪恶之城在毁灭之际，亚伯拉罕的侄子罗得受到天使的启示，要在大火来临之前带领全家逃亡并且不能回头。但是，他的妻子忍不住回头了，所以变成盐柱永远站在那里。

我宁愿回头。我一再回头，还是变不了盐柱。

他不会知道，我离开他去遥远的地方独自成长，和我变成盐柱的感受几乎一样。

2005 年 7 月 2 日　周日　写给妈妈

你知道，我的内心是《卧虎藏龙》里的玉娇龙，青春跋扈不受掌控。她符合我对野蛮青春的理想主义。

我有我的世界，别人永远无法介入，不能感受。所以，我不会和别人去比。

经历得越多，面对未来，我就越没有恐惧。虽然，你也知道我们，你和我，在大多数时候都是不能够随心所欲地生活。

我不愿意再对着镜头笑，我觉得笑不出来就是不能笑。

妈妈，我不是明星，无须讨好公众引诱公众同时又憎恨公众。

妈妈，但是我宁愿讨你欢心，并且不惜代价。你可知道？

2005 年 7 月 3 日　星期日　多云　写给大米

坦白地说，我很骄傲。我的本来面目怎样，已经被各种标签淹没，正如历史没有真相，只有后来人的解释。

好在，我给你的自己，是个原装版，并非改装版。当然，原装版，通常都是简装版，而改装版，才是漂亮的精装版。而我亲爱的大米，你给我最温暖和妥帖的安慰是：我最喜欢你卸下包装的原装版。

也是因为这个原因。这一季，我穿洗得发白的牛仔裤，梳个干净的越南发髻，不戴任何首饰。出版一本装帧简约、文字饱满的书。这也不正是你对我的期望吗？

我又要和你玩咬文嚼字的游戏了：期望和要求不同。期望，是你为我而寄予的愿望。要求，是于你自己的索求。

而我们对彼此没有索求，只是在情感上有几分外人也看不出来的牵连：因为你好我才好。

假如用欧洲的城市来比喻你。我觉得，你是柏林，比巴黎建成足足晚了600年，但是却完全不同于巴黎的高雅热烈风情万种，柏林就是那么老练含蓄，静静的时候形成自己的气场，让人捉摸不透，开口的时候又有种奇特的气势，让人不太敢于靠近。

森林气质是最难得的。一眼望去，沉默的茂盛，深沉的勃发，刺入苍穹的乔木，蔓延遍地的荆棘，诗意的神性。

那天做完直播后，我们就一直在线。你说，64分钟了，要坚持到65分钟。

我们从来不用MSN，因为我们一致认为听到声音比较踏实。

宝贝，我们在做拼图游戏。我先上场，所以注定了就要等待残缺被补上，

面对你，我是一个舞者。舞者的缘分就是台上的拥抱。舞者的难处是没有人知道你想开口把话说出来。

完成了谢幕以后，四周已经默默无语。我们终于在极其喧闹中寻找静默，看一切烟飞灰灭，只为了复活。在有生之年多情之夜，我们都有个解脱。

2005 年 8 月 7 日　写给猕猴桃

我最终对那些人厌倦，不是对于身份或者职位物质，而是对于心智。心智最终胜过肉体对我的吸引。

倘若只是为了短暂的欢娱，得到太轻易，犹如麻醉，亦渐渐成为情感的毒药。我不稀罕。所以我不断地对人厌倦。

物质我已经拥有，所以心里没有什么计较。我要的是

一个人，能够在身边，拥抱我入睡。不知道是因为你出现的太容易还是我对情感的索取太自私，总之，你现在就在我身边。

我常常说我们相见太晚，但是实际上，倘若你出现得太早，我也许不会认真注意。你常常对我说，我给你的感觉像我的书里描写的月光、森林、沼泽，就在眼前，但是无法占有也无法带走。

可我也不会告诉你，这次，我真的打算留下来，那将是我最长的时间，我的一生。我们认识的时候，已经走过生命的半途长路，知道悲欢甘苦，所以不想随意牵手又放弃，不忍辜负对方，但愿珍惜。

我的文字最终变成一张地图，让我的记忆纵横交错，留下刺青般的标记。

一、炼·爱

如果，下一站，不能安居在失乐园，却成陌路。不如现在，让我烧尽一个森林的火势加倍爱你，留到以后依赖灰烬里的余温一个人好好生存。

绝版情义

　　谁说，绝版情义是：偏偏喜欢你。自私而苛刻了点。所以，我也不强求你偏偏喜欢我。

　　绝版，就是不再有。当其毁灭，永远毁灭。

　　这段情义的开始和结束、交往的方式、细节与华彩都只属于你们所有，没有办法复制。

　　就像在《教父》中，艾尔帕西诺升任成教父以后消灭了他所有的敌人，近十场杀戮没有一场相似，精彩绝伦。

　　非常美，非常罪。

　　雨夜。他发来短信说：永远是现在。

　　她在心里答：

　　不如说：现在是永远。有涯之生，怎会有无涯之爱？有一天，我不再来。但是我依然记挂今年冬天——现在，是永远。

　　每段感情，某时某地某人本来都是绝版。

她可以在世界的地层和顶层之间来回穿梭，像一尾鱼一样游弋，她从一段爱情跳到另一段爱情，获得绚丽舞台的同时也获得强大的后台。她不追求婚姻，也不拒绝。内心里，更愿意用爱情将一个人管束，因为给他的是境界。但愿永远不给另一个人婚姻，因为这将给彼此带来入侵的扰乱。

他说，你根本不美。你只是具有杀伤力和侵略性。

是吗？我的目的是置你于死地就行。她不以为然地回击。女人评定一个女人的美丽，是正气。男人确认你的美丽，大多是因为带点邪气。令人安心的美丽大多不能令人动心。你的爱恨都在我手里，我还有什么怀疑和慌张？

昨夜梦中她看到他坐在自己对面说，你到了四十岁，大约也可以像换零钱一样换成两个20岁的女孩。智慧不缺，美貌不缺，青春逼人，沉着过人。

相吸是激情，相爱是爱情，相依是恩情。这些美好的感情就算是不同的人在不同的人生阶段给予我，贯穿她的一生，也死而无憾了。

她甚至想，要将自己的死亡都变成绝版：不是很老的时候，喝一杯红葡萄酒，入睡，从此不醒。

关于绝版的情义，她也知道一个真实的故事，也因为这个故事迷恋雪茄：

每年圣诞节，一个女人总收到亡夫的祝福卡片以及红玫瑰和古巴雪茄。

他在三年以前已经逝世，却在临终前委托好友在每年的圣诞节为爱妻送上礼物。她的岁月是他未完成的路。他在天堂依然挂念她，陪她同行。

原来，更深沉的爱，是死后也不渝。感谢死亡，覆灭了琐碎与平庸，成全了情义的绝美永恒。

她在听说这个故事后喜欢上了收集各式烟缸，并且戒了雪茄。但是开始迷恋闻味。点燃，搁在一边。雪茄的香，吸进肺里，太浓郁了。闻到，却是令人迷醉。

最后一次抽雪茄，是她在大雪封山前进入纳木错，在圣湖边。那张照片，一点不美，她准备不足，所以在冰天雪地里几乎冻僵，但是，那一刻，是绝版。

绝版的情义都是绝版的作品。后来，她为一个人录唱片，便不留名，只写：点过这一支，你大概会淡……

虽然，他曾经说，现在是永远。最爱的、最重的从来都是一瞬间。忘情，在于一刻，余音大约都只能让你忘忧的。

我要的不多，何以挽留？何苦挽留……

安之若素

曾经有人说我也是物质女人。我没想否认。但是我从来没有处心积虑地算计过用别人的钱。锦衣玉食的生活，粗茶淡饭的生活，我都自给自足优雅地过。

我也没有什么万念俱灰的想法，只是偶尔对某些人某些事失望。但是，不管什么失望，都在我的忍耐限度内。

曾经我以为我很脆弱，现在我知道我只是不够坚强，但是我的心很有弹性。

9月外出。我花了许多钱，赶很远的路。于是拥有了不少泰丝的衣服和印度细麻的裤子。它们容易皱，容易褪色，容易旧。代价昂贵，却一点都不鲜亮。值得吗？

锦衣夜行，难道需要观众？

孤独不是灯笼。有人却能提着走很远的路。颠沛流离的路途中，花香和青草的味道、天上几点疏离的星光，还有加油站的灯光都是莫大的安慰和鼓励。

一个人不断地走，总能和美好的风景相遇。弟弟前天问我，你能想象我在迪拜的沙漠里吸西夏的陶醉吗？我说我能，但是我不甘心想象你的陶醉。西夏，是阿拉伯特有的水烟，烟丝、苹果和香料制成，香气浓郁。在沙漠里吸西夏，是我去年的梦想，不料被弟弟抢先实现。

10月归来。去看了一套号称"最具格调"的别墅：售楼小姐介绍，连儿童房都是全套鸡翅木的，美其名曰"复古"，可我觉得简直是滑稽。住在这样的豪宅里，除非把自己打扮成出土文物，要不就天天唱清宫大戏给自己听，否则够不上这级别。

真是好笑：这也叫格调？格调这东西，先讲规格，再谈情调。规格不高，情调低下。就此打住。满街的品味经典，充其量也就是一场哗众取宠的拔高规格。

据说，阿玛尼的米兰之家宛如修道院。意念和灵感，在家里可以彻底放松，放松到虚无。洒脱、宁静、低调。素雅的蔓延，分寸之间的奢艳。享受禅风，无限东方。将优雅和舒适结合得天衣无缝。越少越好，越私人越好，私密到简直是个修道院。于是成就了大师剑走偏锋的格调。

11月的夜晚，当红演唱会铺天盖地。可是，我悄悄地去看一场昆曲。演出的是班昭的一生。让我敬畏的一生。

她14岁嫁人，丈夫死了；守空房写《汉书》，却被突如其来的雷电击中，毁于一旦。50年守寡，一辈子修书，这样的悲苦与孤寂也都忍耐。71岁的时候修完《汉书》悄然睡去。清新娴雅百转千回的昆曲唱出她孤灯寒卷间的一生。

我心狂跳不已。

曲终人散。远不如演唱会后的汹涌人流。戏剧学院的校园里雾气蒙蒙。光秃秃的枝桠在夜空里纵横交错。

我和着三三两两的人群一直走出去，走着走着，不知不觉拐进了街边的咖啡馆。有些东西，让人忘记痛楚，轻信生活的一片美好。比如，咖啡馆的味道。还有，早晨醒来的时候，亲人发出的声音；回家的时候，厨房里飘出的饭菜香。

清冷是格调。空谷幽兰，矜持而馥郁地开放在世人的边缘。温暖是劲道。小小火焰，让人感知动荡世间的温暖情意。享受远处的格调，并不妨碍我吸取身边的劲道……这是我的安之若素吧。

弟弟又说，你知道吗？迪拜真是神奇。预计在2006年建成的小棕榈岛上的别墅，在开盘三天就预售一空，买家来自174个国家。

我笑笑，短信漫游回答他，我知道得太晚了。否则，我就不在这里看昆曲了。

假如我是王菲

12月的晚上，本来约好喝咖啡的女友说临时飞广州接下一笔生意。有钱还是要赚的——我当然应该支持她，可问题是她是写字的人，我想不通她做什么生意。

她兴奋地告诉我：别人介绍她为一个企业家写自传，两个月交货，十万港币。她就可以买下那部伊兰特 1.8 自动挡。我能想象美女两眼放光的表情。

于是，我捡回来很多时间。抱出一大叠唱片，熄灭灯，直面深蓝的天。我先听西贝柳斯的冷和干净。千里冰封万里雪飘的白色，没有负担。

再听大提琴的低诉，是男人的声音。他的低音诗意浓郁厚重，中音严肃而流畅，高音恰如响当当碰击的肝胆，让我想到他。

我打算今晚再刻录唱片。还是两张。我留一张在车里。还有一张，给他。我做他的DJ，给他听他爱的老歌，也推荐他听我爱的新歌。也有纯音乐。很杂。但我确信，我是个好DJ。

那天我们在电梯口居然碰到。我想我的样子很好玩。因为我是一个拖着拉杆箱上班的人。里面是我做直播要用的唱片和我超级喜欢的唱片。我怎么那么小农经济？害怕丢失那些唱片，居然天天带在身边，在两个直播间穿梭。电梯里的熟人一开口都高调地说，唉呦，又去旅行啊！

他不是熟人，所以只是笑笑。但是他说，有空来你的箱子里选选唱片。我很惊讶。难道你有透视眼？

送他一首许巍的《喝茶去》。我们认识以后他的第一个生日我们一起喝茶。后来才知道用了这么清淡的方法来为他庆祝本命年的生日。我刻唱片的时候，好像看到他的样子：

他在问我，上好的茶叶。紫沙茶壶。知己。还有大把的时间。这样的茶能不香醇吗？

纵然在杯光酒影中，他的面前是一杯乌龙茶。不离手的是烟。所以，我还要将姜育恒的《戒烟如你》刻录进去。

他穿着布鞋，坐在我对面。灯光从他的背后打过来，罩到我身上的是他巨大的投影中的小小一块，有昏昏灯火话平生的意味，让我有与之对话的冲动。虽然，他看的书让大部分人没有耐心看哪怕是一页，比如《印度和锡兰佛教哲学》。

我在一张小纸片上写下：即使同流不合污已是传奇……权当是唱片文案好了。

曾经我们都以为，只要带一把青春的长剑和赤子的良心，就可以闯荡江湖。在长歌当啸的时候，却也会拔出自己的剑刺痛自己提醒自己勇往直前。

职场就是我们的江湖，我们的舞台。在台上要保持的状态是 high，哪怕是假 high，也得热情积极让人佩服。

离开舞台，他可以在饭局前保留缺席的资格和权利。波澜不惊的表情是阅历铺陈出来的。我想，他早已经排除了那些不爱，于是，离他爱的不远了。一首莫文蔚的《你最爱的歌》满是冷眼旁观的声音表情，献给他未来隐退江湖的一刻。虽然为时过早。

最后，我收录了王菲的《花事了》。

从前一直喜欢王菲。爱上她懒洋洋的犹如云烟的声音，可以毫不费力地渗入听者的心扉。欢喜和悲伤，都是淡薄的不屑的表情。

后来有一天发现了林夕。这才恍然觉得是王菲的声音诱惑了我，却是林夕的词让我迷恋。他和她的才情合在一起才让我记挂。

最厌烦的是一种盛大的表达。像小孩子写情书，真挚伟大却苍白无力。那些空洞的表白让人非常没有耐心。什么理念啊、背景啊、音乐的张力啊、原创的初衷啊，叫我只会心疼采访机电池的消耗。

那些华美的拔高给我一场空。而林夕的词从来都不是这样。捻花微笑。飞叶伤人。做得到的都是高手。寥寥几句让你去猜。某时某地某人，某一段情，低调而隐匿……

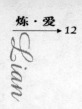

于是，有了唱片的第二段文案：

"如果我是王菲。那我必须遇上林夕。我是我，我遇上了你。"

凌晨两点。刻录完毕。唱片计时显示 79 分 21 秒。我对着话筒加录了一句话进去，我说，最后只是想问问，不知道你是否知道王菲，不知道你要不要听王菲？

那是我们的唱片。绝版。

美丽的意外

　　每天，做完直播，我都会留一首歌放给自己听。

　　收拾完调音台上的东西，静静地抽一根烟。

　　在窗边站一会儿，能望见不远处的高架路。堵车已经结束了，飞驰而过的车拖着一个红色的尾灯。让我想起黑暗中的烟头。

　　近处的露天平台上，那根烟囱孤零零地矗立着。锈迹斑斑。要扛得住孤独和时间的大概只有它了。

　　望出去的风景和路过的风景一样，都堆积着琐碎和雷同。那个迷人而坚硬的城市由诱惑的街道组成。昏黄的街灯照过来。大风呼啸而过。我的唱片里是"深紫"的摇滚。一个人的时候，我喜欢他们的摇滚：镇压得住的暴烈、收放自如的柔情、不知所云的节奏。我从来不在节目里播放他们的东西。知道他们的人都不多。知道的人当中，也有大部分是不接受的。

离开直播室的时候，总能收到几个短信。有人说，刚刚听完我的直播……

那你听到有一首歌是为你而播的吗？我当然不会在节目里点名。

每天做直播的时候，我都送一首歌给他。已经很长一段时间了。我无法确定他是否一定收得到。大约，他错过的机会更多一点。但没有关系。这个瞬间是我的纪念。

今天，我说了一段话，但愿你能听得懂：昨天买的书，觉得不喜欢，就送人了。我外出旅行的行李也很少。一生中，能够与你相伴的，最终也就是寥寥几人。很多感情，去向不明。

人与人之间，有时就是靠这样一些细微的温情与默契维系着。

想起那个大雨如注的夜晚，我打电话给他说，来喝茶吧，用我的青花瓷杯喝一杯乌龙茶。我的青花瓷杯有着暗沉的底色，大朵的花以颓废的姿态盛放着。

虽然，喝茶清淡了点。但是，我不是一个被邀请参加饭局的合适人选。在桌面上无话又不喝酒也不给别人点烟。这样没劲的人不太受欢迎。我想，这也是一种能力。我努力过，都以失败而告终。所以我的晚饭越吃越晚，也越吃越少。

他亦是一个有趣的人：帮别人将饭局甚至以后的节目安排得妥妥当当，正当大家翘首等待他出现时，他却找到合情合理的理由"临阵脱逃"。我说，名利场也好，风月场也好，都是斗兽场，都不是我的磁场。他以淡薄而宽容的一笑劝我"别言重了"。他以他的阅历练就包容的功夫。我的火候未到。

我的通讯录，始终是满的，又始终是空的。他能来赴一场清淡的邀约，就是我的美好。

这个人从一开始就是与众不同。

别人找很多借口送我名牌的包袋与化妆品。他只用牛皮纸信封套了一叠购书券扔在我的面前，对我说："没地方去的时候，去书店吧。有好看的书，交换看看。"

还有一次，在他的办公室。他说，你有些憔悴和苍白，可是我还是觉得你要坚持不化妆。好的，我点头。

爱情和友情，有时候都是种天赋。眼睛轻轻一扫，就知道有个人在人群中，他不喜欢我，就像我懒得理会他。或者，他注意到我，就像我已经伸出手去等他一握。

然后，就需要彼此探索。拿了一盏灯，沿着隧道走下去。灯灭了，或者隧道里没有吸引人的东西，都是遗憾的必然。

世间的陌生面孔来往穿梭，不是潦草应付还能怎样？

感谢你，因为你知道，我是随遇而安的花。开出洁白花朵的时候最美丽。

社交动物的方式，干脆热闹。醉笑陪君三千场，不诉离别。

珍重而留恋的情谊，淡淡地来，无须刻意寻觅和挽留。而且，一开始都是目的不明确。像那首流行歌曲里用小女生的心情表达的一样：遇上你，是我最美丽的意外……

我能想象他看到这些文字的表情。如果他轻描淡写地说"言重了"，我就在明天的直播里回答：

美丽的意外，像青花瓷杯里的乌龙茶，清淡而醇香。

对话练习

他和她并不知道街上流行情话短说和长话短说。可是，说着说着，就变成了短信高手。

这一场对话练习从何时开始？到何时结束？可以持续了多久？谁也没有仔细想过。

反正事实已经存在：一个烟不离手的他和一个爱不离口的她，终于都成了机不离身的人：

骗人。

是啊，骗你一辈子，没有问题的。

不理你。

无效！说好提前半年通知的。

你烟不离手，却不懂戒烟如你。

你爱不离口，却绝口不提爱你。

一、炼·爱

你的脑袋怎么每天有新意？
那是因为心里装满了爱意。

你坏得叫情场高手不敢顶天立地。
你好得让爱情杀手不忍立刻下手。

见到你就像拥有一部法拉利。
为了你我愿放弃两部法拉利。

有你在，堵车也幸福。
有你在，加班也不苦。

蝴蝶兰收到吗？
好像收到了你。

惺惺相惜的、深情款款的、互相吹捧的、无理取闹的……原来，两个人的对话练习，是意趣横生的相爱武器，可以贯穿生活的每一刻，自私而幸福地创造与享受，每一句话每一个词都有着迥异的表情。

白天忙碌的时候，他写一个"您"，她会懂——放你在我心上。

晚上十点的时候，她在最后一个音符里写下"小曲奇"——他的枕头在轻吻中变得甜美。

他有时候爱逗她开心：上次培训的英文听力考试应该让你去念，那我的成绩会更好。因为，你的每一句话，每一个字甚至呼吸换气的节奏我都听得仔细掌握得牢固，唯恐漏过。

她有时候会莫名其妙：我多情的话题，却是你解决不了的难题。何必为难成这个样子，我会轻轻挥挥袖子。

他心里清楚：眼前的她谈不上完美，可是让他没有防卫。

她直截了当：我们是有距离的，所以能认真地看到对方的心里。

他小心翼翼：我每天的早安俗不可耐吧？

她神采奕奕：将俗气进行到底就是传奇！

他故弄玄虚警报事故：我不小心按错键，将储存的你的短信统统删除？！

她轻描淡写答非所问：没关系，玉蝴蝶，飞不飞一样美丽……

是"短信的高手"还是"相爱的对手"？心照不宣就是心有灵犀：概念的确有点模糊，但只要彼此不辜负。

他每天还是准时送上："1，2，3，早安，我的公主。"只有一次，加了一句："天天说这样的话似乎俗不可耐吧？"

她每天在醒来的时候，就做罗马假日的公主。那次，回复了一条："把俗气坚持到底吧，就是传奇！"

她记得他的关照:"1, 2, 3"的意义不能告诉别人呀。两个人的国度里, 有自己脉络清晰的语系和情深意重的密码。多一个人都显得拥挤, 怎能告白天下?

当然, 偶尔, 她也在深夜里写很长的短信, 却储存在手机里不发出去, 当作自言自语:

边走边爱, 就是边拥有边失去。就是那天你说的原话:见一次, 多一次, 也少一次。

所以我愿意, 淡一点, 长一点, 美一点。

从指尖穿越黑发到梦魂内, 从沙丘跋涉到闹市期待世外桃源。我, 走了那么长的路才赶上你, 就算不能到达同一个终点, 我也感激这些路与你缠在一起。

如果, 下一站, 不能安居在失乐园, 却成陌路。不如现在, 让我烧尽一个森林的火势加倍爱你, 留到以后依赖灰烬里的余温一个人好好生存。

遛 车

不知道从哪天起，我们爱上遛车。沿着寂静的马路慢慢地开。我们的理论是：养狗不如养你。遛车当然胜过遛狗。

但是，我更喜欢你"遛我"。牵着我的手，沿着梧桐树茂密的马路散步。轻轻地说话。

我的心里终于会有一块小小的田地，种满自己喜欢的花。只是，在花开满园的时候，希望你来。

你没有来，我一个人也遛车。沿着你带我开过的路遛一遍。

绍兴路窄而且短，清清淡淡中透出书卷气，像在这条路上安营扎寨的昆曲，幽兰独放。

茂名路复兴路口的马德里咖啡吧里的"爱情咖啡"。这里的老板在西班牙的小岛上待过十多年，如今在上海忙到将2万美金的咖啡壶烧坏。

陕西南路的马勒别墅原来是英籍犹太人马勒为宝贝女儿所建。那座北欧风情的别墅有 106 个大小风格都不同的房间，耗时七年。只是因为一个春天的早晨，小女孩醒来告诉爸爸，梦见了安徒生童话里的城堡。

我们曾经在东平路"吵架"。我要吃芭芭东的东南亚咖喱菜"花心公公"和"痴心婆婆"，你却拖着我去喝一杯 9 号 11 幢的"狐狸先生"。

最爱的还是思南路。它虽然在市中心明确和热闹繁华无缘。盛夏的阳光透过浓荫洒下来，就不再咄咄逼人。森林里的清香。迟暮的美人，风情凝固在肌理。沉甸甸的爵士乐里有着丝缎一样的质感。

……

倘若你在，就可以这样一直开下去，开到路的尽头，开到世界的尽头。开到凌晨，开到时间的尽头。

想起爱到忘情时，我们戏言：把保时捷的倒车挡拆掉。爱只能是进行式！还要加速驶入单行道，不到终点不掉头！

豪言壮语很鼓舞人心。我们像两个意气风发的中学生。"痴人说梦"永远美好：那辆保时捷只要不是红的，我就喜欢。好像很多部跑车已经来到我的面前供我挑选。

事实上，在我的小窝里，只有一个汽车外胎。铺上毯子，成了我豪华而舒适的椅子。

未来的名车是一个我俩本身无所谓的目标，是我们展示成功的载体而已。

就像你的考勤卡，成为爱情的载体。天天见到你，是喜欢和必须。你说，每见到你一次，就要"考勤"，任由我涂鸦。

有时候，我写得很长，把未来的空白页面都填满，有时候，我却茫然涂下几个字或者几个符号与数字。这本考勤簿，也只有你可以读懂。因为那都是我们的语言体系。而一旦这样的形式失去，我们还坚持什么？

我缺席的日子里，你手里的空白怎样挥霍？

研究怎样用古巴比伦王国的汉谟拉比法典惩罚你！彼此是唯一，将对方垄断，所以爱的蛮横和残酷无处申诉，只有借用那部古老而专制的法典。

然而，我们都不是想象中那么霸道。

你说，很遗憾，我的公主，不能陪你遛车。

我说，没关系呀。我甚至潇潇洒洒安慰你，假如爱情修不成正果，也能在彼岸开出美丽的花呢。

呵呵……我将自己笑得甜蜜的表情彩信给你。

你当然看不到我满脸的泪水。视线模糊。突然刹车。于是在十字路口熄火。原来，我不是驾车高手，我只是新手上路。

谁说，遛车只是一场风花雪月的浪漫主义？

谁说，拆除倒车挡位，就能横冲直撞勇往直前？

亲爱的，下次我再也不想一个人遛车。

诺亚方舟

　　我穿着宽大的麻布衬衫坐进车里。我这一身容易起皱的衣服不是名牌，所以曾经被称为"来路不明"，可恰恰让我有肆意享受的舒服和安全感。

　　突然想席地而坐想抽烟，于是，选择将车停进那个公用地下车库。白炽光将一切变得惨淡。我用紫色的ZIPPO点燃细支的雪茄，等待它燃尽时候最后一口的甜醇。

　　我低着头，能感觉到有个人站在我的面前。我知道是保安。他正以非常怀疑的眼光打量着我，然后极其严厉地叫我走，声称否则就报警。在他眼里，我可能是一个小偷，可能是一个落魄的女子，可能是一个问题少女……可他丝毫没有觉得我就是刚刚那个开着奔驰跑车从他眼前穿过的女子。

　　他毕恭毕敬敬礼的对象是我的奔驰，不是我。

　　我淡漠地调侃他，我坐这里，没有影响任何人，也没有影响这高尚住宅区的景观，要不你报警好了。

他的态度甚至有点恶狠狠的了。大概在犹豫是否要动手将我拖走，不过最终他只是依旧站在我对面，用阴影压迫着我，好像盯着一个通缉犯。

我朝他笑笑，可能把他吓了一跳。我想起电影里的场景：刘德华坐在敲诈来的宝马车里教育傻乎乎的保安："开名车的人不一定是好人！记住！"扔下一句"形同虚设"扬长而去。

卑微而势利的心灵，都是如此贫困……

烟蒂快烧到手了。我突然失去了恶作剧的兴趣。风，太大了。我起身，钻进我的奔驰。沉默地开出车库。

我居然从反光镜里看到保安因为惊讶而发亮的眼睛。也是发亮的眼睛。却是那么麻木而无知。

我喜欢我的眼睛里有丰盛而浓烈的光亮，在布达拉宫的时候我有，在穿越珠峰的时候我有，在苏门答腊岛披上公主般的婚纱拍照的时候我有，在看到手机上出现他收敛温柔的短信的时候我有，哪怕是倏地一下就没有了，像流星隐没于黑夜的深海。

那天，他递来一张剪报的时候，连我自己都能感觉眼睛亮了一下：《尘世怪客梵高的心路历程》。我书房天花板上那幅《星光灿烂的夜》宛如旋涡每晚将我席卷到梦里。

只有梵高自己知道为什么要在天边加上厚重的一笔中国蓝。还有上帝知道。那一笔蓝，隐没于大片的油彩中。

他说我犹如口含橄榄说话，虽然我吐字清晰。我说过——半真半假，就是假。半心半意，就是无意。可是，面对人群说话，我们只能这样。

我心里却知道，他有着他这个行业这个年龄这个位置独有的警觉细密特质，穿行在紧急事故里从不急迫的阴柔与耐心，早已经从中找到对他说的话。

独处的时候，我通常静静地抽一根烟，感受生命的分裂。即便有自己的小孩，也无法和他分享穿越这座城市的所有失落和喧嚣，就像面对日益衰老的父母，你无能为力小心翼翼地心酸一样。就像他，每周在医院探望老母时候的心情吧。从生如夏花到荒芜冰凉，从爱恨的纠缠到甘心承担，没有是非的标准，只有恩意和慈悲。

就像那年，我在灯光昏暗的小站和他分手的时候，他把行李递给我，我无意中触碰到他的手指。忽然留恋他手的温度，想和他多靠近一会儿。可是火车要去下一站。于是，我和父亲分开。这是记忆中唯一有温度的接触。

多少次，我觉得自己出离尘世，没有畏惧和贪恋，可是那些细微的美好，仍然让我发现内心希望占有和实现的意念。铁轨在黑暗中延伸到遥远，父亲的背影是去向另一个女人。我不知道我该用什么来填补内心强大的缺失。

时光是毁灭。时光是救赎。时光与爱，永无止境。

我不是天使，不想装作纯情无邪。早就对你下了魔咒：用一条亚麻的围巾缠绕你，用 ZIPPO 点燃你，将你欠我的 3000 小时分成 1000 年慢慢消磨。我是你的公主，也是你的小妖。公主有至高无上的权力，包括得到恩宠的权力，可是，小妖需要自生自灭的勇气和保护自己的独门暗器，而小妖不害人是最高境界。

1月7日。周末。你走了以后，我留下来听唱片。

听到《烟火》的时候，他问我，要我回来吗？

我不想回答。曾经有一个下午，我想说的三个字是"我爱你"，但是见到他的刹那，却变成了"对不起"。是他用剪报教我：力图说真话。不能说真话，则保持沉默。

烟火已经如花盛开，盛开在我的心里。没有观众的掌声和欢呼。

开始意识到爱你的时候，是印度洋的海啸来临的时候。文化的全球传播已经让人们熟悉灾难片的故事。然而，这是灾难，不是灾难片。10米高的巨浪卷走了家园，游人如织的海滩上布满了来不及处理的遗体。

新年快来临的时候，斯里兰卡首都科伦坡的一条小巷里，超度亡灵的诵经声从六点就开始响起。上千盏佛灯被摆成大大的"2005"。每一条街巷里，每一棵菩提树下，人们都只能静静地祈祷。连哭泣都没有。人们神色茫然，失去质疑的能力。

我一直随身携带他给我的那本书《圣经的激情》。我试图知道，灾难来临的时候，诺亚方舟在何方？假如，我的爱，也是一场无可防范的灾难，那也一定得将他先送上诺亚方舟。

传奇的爱情却有着另一个结尾：我们在诺亚方舟上继续相爱，管他身后巨浪滔天。

盲眼的骏马

那天，我面对你自问自答："你为什么对我好？我长得不是千里挑一，吃饭三餐三合一，处事脑筋太专一。"

"噢，我知道了。张爱玲有一句话很有意思：也许我总有点好处，不然你为什么对我好呢？除非是因为我的心还好。我想我这个人就像一棵菜不是就只一个菜心好吗？！"

你笑我还是超级自恋。是的，是的。可是，曾经的自恋是伤感的，也是跋扈的。我的青春很是挥霍。我几乎用超常的速度在消耗那样的岁月。独自消耗。

有了你以后，你看着我自恋。因为分享，甜美开始多于辛辣，甚至加入幽默的调料。

阳光很好，心情也突然灿烂。随便套了件登山运动服就出门了。那件衣服曾经陪着我上珠峰，也陪着我混在博卡拉的集市上一大堆来自不同国家和地方的游客中。可我第一次发现，那种艳紫那么夺目。在上海的阳光下，尤其在精致的上海丽人们从我身边走过的时候，由于强烈的对比，多少会引来一些回头率。我想，不是因为漂亮，多半是因为突兀。

我有些莫名其妙地得意洋洋，钻进我的跑车，打开敞篷，以130码的速度向你飞驰而来。车上放的歌正好又是《龙卷风》。积蓄情感太多，总有一天会犹如山洪暴发一般地倾倒。所以，许多个黄昏和夜晚，我让情感在旋律中慢慢分流。所以，昨天我播放《龙卷风》给你听。和风细雨是我对你的倾诉。

一小时以前，你已经点起雪茄。所以，我只要走出电梯，在走廊里就能闻到独特而浓郁的香，雪茄的香，已成了我的香薰，我的情感线索。

我对你说，你要做好准备，我穿得像尼泊尔集市上的灯笼。

灯笼公主，就是打着灯笼也难找的公主。你有时候沉默不语，有时候相当感性地回复。这是你性格中的花絮。我喜欢这样的美，这样的你。

讲究速食的年代，也可以天真地说爱。我把对你的感觉，写进诗的结尾。哪怕是多情的幻觉。

突然发现，车的仪表盘上显示一排完整的阿拉伯数字"1"。午后1：11，我开了车，行进到11111公里。这个瞬间，和你有关。我打开手机，虽然只有30万像素的照相机。我也要记录这一刻。这一刻，我在向你的方向。后面的车不耐烦地按起了喇叭，警察也开始向我走来。可是我只能把车停下，停在十字路口，那么嚣张那么自私。因为，只需动一点点，我将超越111111公里数，只要慢一点点，我将把1：11甩在岁月的长河里。

转变，都是瞬间，像我初遇你的那一刻，如果，那一刻擦肩而过，我们的生命永远没有交集。那些瞬间都会消失。如果要说依恋和忧伤，必须说出一些慢慢暗下来的时光。说出微暗的时光里某个迟疑的转身。隔着我们的，是光阴和记忆构成的纤细栅栏。

昨天，你问我，为什么要有大头梦。你说，难道你不知道大头梦是不能实现的梦吗？我当然知道。我是一个有梦就做的人，但是我们的确是有很多梦难以实现的。甜蜜盖过了忧伤，所以，我的人生将担当一些缺失，成就你的圆满。

你走的那一天，我要送你肖邦的《离别曲》。我会弹钢琴，从来没有告诉你。这是我唯一没有忘记的曲子。每次，将双手放到琴键上，流出来的就是这支曲子。我觉得我很适应离别。我有一张照片，是孤零零地坐在白色的三角钢琴前。寂静无人的大厅里，蓝色的追光灯打在我的手上，明亮的只有黑白琴键。我觉得，那个人好像不是我。好像是你。你始终是我最依恋的这个人，不因距离而消灭的爱。我凝视着那个不可触摸的你，悲凉地笑了。悲凉，是我遇上你的刹那注定的主旋律。

我们失落了的愿望，都会被完好无损地保留在梦里。所以，那天我说，做直播就像做梦。梦话总是真的。只要夜晚还在，每天可以用来安慰我们的梦乡的是那些美好的回忆。如果所有的爱，都如我梦中的玫瑰那般绽放，这世界恐怕真的会有点乱的，乱到殃及无辜。

让我给你听《不老的传说》和《披上羊皮的狼》。只要你感动，不需要你行动。歌里的狼，是爱上羊的狼，不惜远离亲人与同伴，接受责难和怀疑，洗心革面，让爱的忠贞表白在山谷里长啸而出。

狼的爱，可以如此卑微又坚定。我们，却不可以。只能任由疯长，然后荒芜。自生自灭如野草。燃烧以后的余温，是彼此的牵扯。有一点心动，刚刚好。微醉而已。

真的能把一杯茶喝到天荒地老？真能把电台听到天荒地老？

一茶之心，一座之缘。你与我，面对面，惜缘顺天。勾勾小指，做一个小孩子的游戏，这是彼此无言而深刻的谅解。

他们说我是个天才，写歌词也可以顺手拈来。他们怎么可知道我心里已经反复练习演唱几百遍。只是，最终落笔，轻描淡写而已。

昨夜，你给我短信中说，安全驾车别理我。

我一如既往地将车停在斑马线上回复不！我偏要理你。

你再次回复：还是安全为重，别理我为好。

你的一语双关我当然懂。可是，爱已经气势如虹、兵临城下，想逃都没有用。我无法按兵不动，你都是看到的，我的将领和兵都只有我，而且手无寸铁。一片赤诚地爱一个人有多么危险和单薄？所以你提醒我。

可是我不怕，我是盲眼的骏马，穿越黑夜，坦荡地飞奔而来。我有我的奇迹。

没有人可以像你一样

　　我知道，没有人可以像你一样。如此坚强又世俗地生存下来。

　　我不知道应该如何为你做祷告。痛苦地生与平静地死——我们究竟该如何选择……昔日结实丰润的身体怎么会那么瘦小而干枯？乌黑浓密的鬓发在什么时候变得花白而稀少？你手指的关节那么突兀，脆薄的皮肤下青紫色的血管上针眼密密麻麻。我流泪的时候，你已经不能认出我。

　　我的血管里流着你的血。和你一样面对世人心骄气傲，和你一样面对世事无能为力。我总以为还有时间赎罪和补偿，可是现在的我唯恐只能徒劳挣扎。

　　我知道，终于会有那一天，包围你身体的仪器全部停止工作。护士会面无表情地把你嘴上氧气管的胶带撕掉。你的嘴唇将苍白干涩。心电图的白纸上将被拉出一条直线为你做死亡证明。

一、炼·爱

可是，既然今天不是"那一天"，我就要陪你坚持。隔壁传来有人说笑的声音。花瓶里的玫瑰新鲜绽放。你一生爱美，喜欢红艳艳的玫瑰。

我跪在病床边的水泥地上。我把头埋进白色的床单，祈求上帝的宽恕。这是除夕的夜晚。你我将一起走进新年。窗外的鞭炮声是上帝派来的使者在帮助我唤醒你。

我们隔着生死茫茫。我含糊而深重的祈祷。寂静的夜晚，你的呼吸困难而努力。像我们的沟通一样。因为深爱，所以自私。

这些天来，你以为我有了幸福，我却更加沉重与孤单。

我不够勇敢，无法做到宁愿玉碎不能瓦全。于是我轻易地就妥协了。

我发誓：即使不爱，我也会以亲人的方式善待每一个人。无辜的平凡人，付出应该得到。

三毛收拾好行李，给父母留下字条，只说：我去结婚了。于是，她奔向沙漠深处。在沙漠里结婚的三毛得到的结婚礼物是荷西拣来的一副骆驼头骨。三毛欣喜若狂。

三毛在她的风花雪月里洒了一把沙子。荷西的肩膀扛得住她澎湃的热情和爱恋。等到写下哭泣的骆驼，梦里早已相思花落堆成冢。

勇敢的代价，是自己先放下。我把车开到延安高架的尽头，在下匝道上停留了一会儿，眺望浦江对岸。那里有黑白情感的一点红。想起了白天说的《在水一方》的故事。

那个白衣少年黑亮的眼睛洁净而英俊的气息……已经和爱情没有关系，回忆，只是因为他是我那段青春的见证。我们也只是隔岸相望，对面遇见倒也不一定能够相认。

在水一方，不是天各一方。

我即将去做一次比较长的旅行。但是回程机票就在贴身的包里。

十年前的一个除夕，我因为面对一段飘摇的爱情而来到这里，以为到了世界末日。

十年后的这个除夕，我因为一个即将走到生命尽头的亲人又来到这里，却坚信日子要继续下去。

十年前那个医生说，允许保留你一头长发地来接受手术。用橄榄油和薰衣草把长发洗得干净而芳香吧，然后我为你做手术。

我保持着我的美丽与顽强躺在死神边上。有针剂注入我的静脉，我静静地睡去。我的伤口在身体里面，和一段岁月紧紧相连。

所以我还可以活到现在拥有回忆。回忆小时候，最喜欢逼着外婆吃糖。我就等着她把糖果包装纸给我，和我一起收集起来折成一个个小人儿。都是些戴大礼帽、甩公主袖的、有着纤纤细腰的跳舞小人儿。外婆把它们放在我的钢琴上，我仿佛听到一排香艳的音符，韵律铿锵……

今夜，我在钢琴上生疏地弹奏肖邦的小夜曲为她祷告。晚安，我的外婆。没有人可以像你一样，在我生命中无怨无悔地担当。

虽然总有一天，我将在离开你的地方独自成长，也闻不到你的饭菜香。但是，我希望那一天至少可以晚一些到来。上帝教导我们不要贪恋。我愿意让出一半的生命给你用。真的，假如上帝可以成全它的孩子。

公主，晚安

　　每天晚上，她要等到他说"公主晚安"才入睡，就像16岁那年，写完了日记，才能安心到梦里。

　　今晚，他说，处理突发事件，高架上的风凛冽刺骨，看来要明早说晚安。于是，她就一直等他天亮说晚安。

　　电脑里的那首歌反复地唱着。她迷迷糊糊记住两句："一个人失眠，全世界都失眠……想你想到六点，爱你爱到终点……"

　　昨天，他笑她"太想寻求安全感"，一定要稳稳当当、万无一失，才跨出一小步。她没有争辩，因为感觉徒劳。她说不出来，他是自己的什么人，但是又觉得什么人都是。没有人能够真正将他取代，虽然，他也不能拥有她的未来。

　　她不是没有想过义无返顾，只是觉得，每个人的未来都不只属于自己。

　　相见太晚，缘分又给得太少。我们的幸福，是茶的幸福，怎能加两块方糖？

她的外伤很少，因为不爱展览。但是，她基本上在内伤中长大。因为伤口和缺陷，她才和另一个人真正连在一起。

父亲在判决书上按手印时，脸上那道莫名其妙的笑……她以为他会用忧伤痛惜的眼睛注视自己，可是，她抬头，只看到他空洞而潦倒的眼神。父亲走的那一天，父女在黑暗里相互对峙。怜悯对方却不能宽容。她明白他的苦楚，却无法安慰。每一次的沟通也是欲言又止。

她得了像文森特一样的病。鸟瞰，也需要一排栅栏。她却能克服自己的恐高症。将陌生的地图藏在旅行箱里，然后搭飞机去那个地方。失去睡眠，换来时差。

他漫不经心地说，你终于要逃跑的呀。

她想，他一定没有看过《罗马假日》。公主，永远无法离开她的堡垒。宿命，是一张巨大的网，没有人可以逃脱。

他说，早安，公主。我想不出激情的话，怎么办？

想象他无辜的孩子气以及要适应她迂回纠缠的情绪起伏，她轻轻地笑。她反复求证他的情感，而他的情感就在这里。一如他在她身边的存在，寂静、淡薄。多情的是她。而他，只需要写几个字，像昨晚的最后一条短信：我心依旧。

我心依旧？就是——爱过了你，心就永远在那里……她不明白为什么还要求证。有时候，得不到答案，就会心慌和烦躁。她觉得他是明察一切的，主宰一切的，可是他总是说，公主决定！

决定什么？她认了。哪怕，爱他，变成一种咎由自取。她的眼睛很亮，心却沉醉。

2005年1月。好像认识了许多年。她已经养成习惯，喜欢在他的办公室门口敲三下才进去，即使门敞开着。他不知道三下表示"我爱你"。她永远不会说这三个字，对于他和她，表达就是错误和负担。

她穿着秘鲁带来的军裤长发飘逸地到来时，他说"帅"。她转身的时候，玫红的ESPRIT运动服拼接式的袖口和领口闪出荧光，他说"妖"。她面对他申诉对自己的不重视，他说"错"，她说我不喜欢你这样做，他说"改"。

后来，坐在对面，也不太说话了。各做各的事情。陌生人进来，会觉得奇怪这样的场景。

离开的时候，若有旁人在和他说话，她就不用打招呼了，直接带走那份剪报，她知道是他要她看的。他也好像没有见到她的起身离开，顺手去取那盒蓝罐曲奇。他知道是她放沙发上留给他万一耽误吃饭的。

再后来，他开会的时候，她自己在他办公室里坐一会儿，打开抽屉，拿出那把紫檀木的梳子，梳理长长的头发。她知道，他还有一面镜子，是汽车的反光镜。深紫色的皮质。她曾经用化妆棉把它擦得干干净净。

可是，她不需要镜子，她只是想用一用那把梳子，她只是想坐一会儿。他在，或者不在，她总是要等到最后一刻才离开，心中无限留恋。离开的速度，究竟是谁决定？

他和她都坚持说是对方。争论的结果不得而终。

似乎，连见面都可以不需要了。是因为心修炼到无言的境界，火候到了吗？！

她一边等一边想，于是干脆起来到书房找唱片听。路过客厅穿衣镜的时候，她见到自己。仿佛听到他说，对你太熟悉了，连肩胛骨的弧度、手腕关节的凹凸、耳后的一颗小小的红痣。

凌晨四点。她等到他的短信——公主，晚安。她正在听秘鲁的排箫、爱尔兰的风笛中夹杂隐约的僧侣的诵经，像荒原上的吟唱，还有非洲的鼓点……

真爱有敌

　　周末。雨夜。我用手里的报纸帮你擦去挡风玻璃上的雾气。你说，自己开车那么多年，从来都是视线清晰，今天却模糊。我半开玩笑地做出回答，模糊？大概还是说明你没把握吧。

　　我们好像已经习惯了这样说话。小心翼翼地善待彼此，不愿辜负也不敢下很重的誓言，不知道要迂回到哪一天。

　　其实，是第一次单独吃饭。吃得不多，话也不多。在我们的心里，故事还没有真正开始，但是，别人都已经为我们画好路线图直达终点。

　　雨越下越大，我们没有带伞。分开的时候，我站了很久，看着你的车转弯消失在夜雾中。

　　不知道怎样做才是对你好得恰如其分。你说，将来你只要不恨我就好。我没有回答。你，为我打开生命中的一扇门，让我从爱的繁盛体会到荒芜。门关上，我铭记在心。对世人，只当从来没有发生过。我怎会恨你？水瓶座的女子敏感多情，却更加懂得守口如瓶。

在你的心里，有着对我的难以割舍。可是这爱，终究抵不过你对自己以及所拥有的一切的爱。这爱的成分里，仍然有算计得失和揣摩平衡。我们各自有许多年的历史不被彼此知道。那些过去的时光里，终究有更深的情分被积淀下来难以割舍。旧时光，凝重浓稠如血液。你总是说要让我开心一点，所以担当一切，连怨尤都不肯轻易流露。可我又怎能怂恿你忘恩负义。

我曾以为真爱无敌，与你牵手的旅程面对世人一脸傲气！一石千浪！

我更珍视真爱有敌，敌不过的终究是时间。来不及参与的过去、没有机会加入的未来、徘徊跌宕的现在……宽路虽然变成窄路，我们该如何不让前路变绝路？静水流深。

对外人，我只能坚韧聪明并且警觉，不轻易暴露自己的创伤、脆弱和意志力。别人对我的赞美猜疑甚至责难都是我制造的幻想与故事，那些喧嚣中没有温暖。

我不知道我的妈妈怎么想，她的经历不用修饰就是催人泪下的小说，她明知道生命里有那么多苦痛，却仍然把我带到这个世界上，让我代替她重新活一遍。她一定是希望我什么也不缺、万事都无忧，所以每天会对我说很多遍"愿主保佑你"，但是她怎么知道我代替她重新体验的时光里，仍有那么多她意想不到却无可避免亦无能为力的苦痛。

然而，不到终点我又怎能掉头？

那年在普罗旺斯的时候，我第一次有了加速消耗生命的念头。见到原野里大片的紫色薰衣草，大风掠过的时候，花丛如波浪一样地汹涌翻滚，深浅有致的波浪，像喜悦和伤感的交替。我突然觉得，自己的窘迫和孤独向谁告白？那些巨大的失望和对人世间的不信任是厚重而压抑的交付，谁可以替我担当？

如果生命太漫长，我会失去信心，平静地结束自己。到那时候，世界的一切荒唐嬉闹就和我无关。我的灵魂变成容器，幽暗而深邃。就这样离开，无人知晓，无人送行。这大片的薰衣草，这大片郁郁寡欢的美丽与深不可测的情意正是我留下的遗言。你曾建议我，遗言不如遗梦，未完成的梦何其多，也不会太伤感。

与你分开后的今夜。我坐在书房的草垫子上翻阅自己的小说稿。你并不喜欢我这篇小说，你曾提醒我，不要将这些文字放在枕边。可那种伤感的诡异却是我内心能够触摸到的皈依。

那个女主角，有着洁白月光一般的眼神。她的理想，抑或是幻觉？却是从淤泥里生长出来的白莲花。看着文字里的她尽情绽放，极尽绚丽又急速枯萎，心中充满惋惜，我却没有办法改写结局。

她对所爱的人说，只要你在我身边坚持不走，我的爱就是永垂不朽。可是，在大病的梦里，她梦见在娱乐场，他的身边只有一个席位，很多人抢着入座。他笑着，可是神色分明疲惫而游离。于是，她决定放弃。然后更近地在他身边。

当时，你说，你的书里的女主角有点奇怪。可我心里感觉，这是我们的预演。

她在红颜老去之前，找到了自己很爱的一个人，心无遗憾，才平静地做了另一个人的新娘。

最后的等待

　　深夜的时候，她听到车轮碾过马路的声音。于是，光脚踩过地毯，撩起窗帘，望见一片沉寂的街道。回头看到他熟睡的样子，像一头幼兽，毫无戒备，天真酣畅。

　　她打开电脑，往他的电脑里灌自己喜欢的音乐。喝冰水。没有她，他恐怕一辈子也不会听那些音乐。

　　她需要温暖的怀抱，却不想逗留太长。怕难以退回到一个孤独荒芜的世界里。他说，那就拒绝荒芜吧。我给你温暖。

　　可是他怎么知道，一个习惯了空旷而荒芜的人，面对突如其来的繁华与温暖会不知所措，像被带进了一个陌生的国度，经常迷路。除非带路的人一直不松手。

　　她说自己是一个酒徒，却一直在喝茶。清醒的酒徒不太容易感觉快乐。也正因为如此，她的生活从来不会丧失一切出路。

他说她像这个生活的城市。无情。迷人。有着沉郁而坚硬的底子。

她希望可以在自己老的时候能够拥有素食般的爱情，缓慢地自生自灭。生老病死一起慢慢地体会就好。可她觉得人性的变幻无常，他亦如此，等不到变老就要离开。所以她悄悄地在门后放着一个小小的旅行箱。随时准备在他要走之前先离开。

这个箱子在他们生活的第三年用上了。买好机票后她电话他希望再见一面。可是，没有把他等来。被车灯照耀的地方有一种梦幻般的美丽。从这个窗口，她曾经亲眼看到他的新车和别人相擦。如今，他的灰色奥迪看起来已经很旧。补过漆的地方不露声色。

她知道他一定弄错了，以为他若前来必定面对暴风雨一般的怨恨和哭泣。却不会知道她是为了说一声"谢谢"的。谢谢他的爱为他的残酷青春过度。

不来也好……最后的等待却是为了最初的心动。是她在离去之前的一个仪式。

她在日记里写下：

爱你，是因为你曾经映照出一个丰富的我。可那天早上醒来的时候，你不在身边，我没有感到寂寞。我意识到我已经不爱你了。分别之前的你的脸和你的名字都模糊起来。

你是我脆弱时候情感的过渡。你曾给予我的皮肤的温暖和睡前的红葡萄酒的醇香至今让我的心轻轻荡漾。但是，你不是我的归宿。我终究真心实意地谢谢你。

亲爱的，我不知道离去前，你是否想玩孩子们的游戏。相信比也玩过了。游戏里，你沿着一道窄窄的花墙跑过……

——这是一位哥哥为妹妹的死亡写了这样的诗句。他的妹妹是一位才情横溢的摄影师，患深度抑郁症，在冰冷的浴缸里割脉自杀。

没有人可以拯救自杀的妹妹。因为她不需要拯救。这是自由的归宿。

拥抱的时候，她感觉自己的惶恐和疑惑：如果一切靠缘分，又何必痴心爱着一个人？

独处的时候，她冷静：脱掉身份的外衣，我们只是在内心深渊各自挣扎的人。我并不期待你依然把我放在心上。

所以，你不要戒烟吧。昨夜梦中，我把我的名字写在你的烟上，期待你可以把我吸进肺里。住到离你心脏最近的地方。我不知道那是爱的魔咒还是幻想或者请求。

曾经这样的错乱这样的欢天喜地，是因为两个不同世界的人走到了一起。好奇，真心。

一个穿了制服的男人，身上就没有任何佩饰。他曾玩笑说，身上有点用的也就那块奥米茄手表了。

她正好相反，宝蓝的睫毛、妖娆的绿松石项链、红珊瑚耳环、藏式彩条大披肩……却从来不戴手表。

她已经很多年没有戴手表。遵循直觉生活。像他和她的相处一样，时间一到，她起身离去。不用说再见。

相识的最初，她天天去他的办公室喝茶。他知道她要来的时候就先把手表脱下对着她放好。她不带走那块手表，可每天都来看一看时间。

有一个星期天，很冷。她开了车到很多地方去买那种叫蓝贵人的茶叶，却无从寻觅。

他的短信中说，有蓝贵人的地方是驿站，离温暖繁华差远了。她回复，随你怎么形容，反正和我心里想的无关。

她想的是：这个地方就是繁华温暖的天堂。她的本质上还是小鹿，会迷路会惊慌，但是也固执任性，一旦知道自己的需要就决定，一旦决定就贯彻到底。

原本都是不想解释不想让爱决堤的。可是一旦走火入魔，也只能爱就爱了。

故事情节在时光里轮回上演。她的最后等待不是为了挽留。出发的时间到了，小鹿要回到她的森林里。

讲不出的告别

　　2005 年 2 月 2 日。你在电话里的声音，感性如黑夜里皮肤的接触。我甚至能够感知在你肌肤下，血管的跳动和血液流动的声音。

　　我们讨论杀手的女人应该是怎样的？我说她应该是美丽而有点神经质的。最好对外界发生的一切缺少知觉。在自己的世界里敏感就够了。敏感地守着一个人一辈子。

　　你说我说大话，因为动不动就是一辈子。典型的孩子气。

　　你凭什么你以为我的爱是季候风？只可惜大风无法吹去我们昨日的尘埃。我的心是玻璃的质地，冰冷，但是透明。即使积满灰尘也很容易重回干净。

　　大雨的夜晚，大家的笑声可以把楼掀翻，可是我逃离了热闹的酒席。因为，你问我：公主，哪里报到？

　　你要带我去遛车。一只手驾车，一只手给我温度。哪里的歌曲还会比我们车里的更好听？！哪里还能找到这样的疯子陪我在大雨的夜里遛车？！

今天，我要送你这张迄今为止最贵的绝版唱片。它耗费了我一个不眠的夜晚，来去的奔波和弄坏了的车载唱片盒。

那个不知名的女声翻唱的《遇见》声线极其干净，眷恋无限，让我想起恋人的初吻，温润的，将桀骜的眼神柔化成皎洁的月光。

你叫我冰激凌才是，是被热量熔化的小甜筒冰激凌。在他们面前，我装不出柔情与温顺。可是，面对你，就是安静的小女生。

我要把你的亲吻用文火煮着，不要凉了，但是也不要到达沸点。

我要用 ZIPPO 把你点燃了，从你的袖口开始慢慢焚烧。因为你在那个瞬间，将一支蜡烛放入我的心尖，灼烧了我那么久。

我们曾经沉默酝酿，酝酿来日方长。彼此试探与牵扯，仿佛非要等到一千零一世才互相安慰。

可是，是哪个瞬间，让彼此的防范彻底瓦解？

晕眩……穿过我的黑发的你的手……

拥有的刹那，我们便同时在失去。这是我们的时间规则。当所有等待都变成曾经，我会回来说好多精彩的故事给你听。伏在你的胸前，有了你我就真的什么也不缺，心再野也知道拒绝。到最后，一切的残缺但愿都能用爱来弥补。

天下第一爱，是这样炼成的：

碰触的瞬间服下的没有解药的迷魂药。然后，一心一意地爱，棋逢对手地爱。不被打扰，哪怕不被祝福。在地狱仰望天堂，经受冰的沸点，火的冰点，最终，你和我，无处可逃。统统承受。

天地无药，你确是我的毒药，吸第一口的时候，没有防范。

天下无贼，我却要做武功最高的贼，把你的爱全部偷走。

分开后的半小时，我一个人去了浦江边的"一点红"。感觉离你近一些。夜色，没有月朦胧鸟朦胧，天地间的大雨充满了急骤而降的恐惧。一片风雨飘摇。

我还是收到你的短信：公主，晚安。我曾对你说过：每一种约定，都不可能两人分秒不差地同时进行。所以，我比较喜欢做那个先挂电话的人、最后收到短信的人、先离开的人和晚到的人。这样，失落感少一点。是的，能给的你都给了，能做的你都做了……我感念你的情意。

于是起身离去。你的亲吻还留在我的发间。突然发现这是二月，怎会有闪电与雷声，在天地间，也在心间……

通常，我的夜宵是：乌龙茶，香榧子几颗。几页村上春树，两片王家卫。今夜，还有你的烟草味道。不舍得睡去。

你开出车库的斜坡发出震动的响声。春天的第一声惊雷响起的时候，我在你怀里。

你对我的未来幸福运筹帷幄。我用荆棘编织成爱情的桂冠戴在头上。

谈情说爱，在这个城市里似乎像一分钱的硬币，说起来随处可拣。可是真正要的时候，地上还真没有那么容易发现。所以，收到你的短信时我也正在给你发短信。而我们的内容居然一模一样，是一首歌曲的名字：其实我真的很在乎。被你抢先了。

20岁那年，我以为恋爱能拯救自己的孤独。可是，很快就发现不是这样。

30岁的时候，我已经心怀感伤又甘愿承担人。不愿意牺牲睡眠去看日出，却为日落守候很久。坠落前的太阳充满了从容。结局已经在眼前。无声无息的壮丽。或者，我可以在大雪中无怨无悔地向你告别，只要让我看到时光的界限。

大部分人，爱别人，是为了证明自己可以更深地被爱。抓在手里不肯放，直到一起死去。用十年的时间去等待一个人或者在十年的远行之后仍然想回头找到当年的他。太急功近利了，终于无法成立。

而我可以，我可以仅仅小心而轻柔地触摸你的手指，不要皮肤的温度，为彼此点燃一支烟，说说我的旅行和你偶尔的酒醉。

你说，酒醉的时候，把车钥匙扔给兄弟中唯一清醒的人。双脚犹如踩在棉花上，心里却明白，难过和疼痛最终会过去的。你说话的样子让我想起越南。经历了战争和被殖民以后的它，沉着柔和。不像金边，充满了悲情，无法复原的苍茫和生硬。

爱情，像眼前的这张透明的纸片，你轻轻地就可以把它撕裂。我们都多情。我多情地依恋，你终于负担不起。你多情的慈悲，让我心存希望。

行装理了，箱子扣了，我要走了。我在飞机上过除夕夜。16个小时以后，我在夏天里过新年。把说给你听的话说给自己听。以为还有永远，我们将奔跑在两极。你的人生没有我并不会不同。

左手的机票，右手的护照，我去向外婆告别。推开虚掩的房门，病中的外婆半坐在床上读圣经，她的神态极其专注而安详，像个天真的孩子抱着心爱的玩具。她戴着一顶有着一朵小红花的绒线帽，看到我笑眯眯的，让我想到开着的一朵波斯菊。

我的眼睛微微湿润了。不知道怎样说告别。恩义深重，亲情坚如磐石。离别在眼前，她却不知道我不能陪她过新年。

头发白了，眉毛灰了。感激还了，恩义尽了。情节淡了，我们是否还能再细说从头……

一、炼·爱

离别曲

看完了《鬼来电》，她突然觉得很困。心里却还惦记着银幕上的鬼。那可怜的"鬼"，其实，只是一个患了严重哮喘的孩子，为了引起妈妈的注意，不断地折磨虐待妹妹，然后从妈妈救谁来判断自己是否被认可被关爱。结局是：妈妈还是救了妹妹，她的渴望爱的心也死了，躺在冰冷的地上，无法呼吸，痛苦地死去。

这是一种求证。可惜，到死都是失望。

他看到她的脸上又浮现出看不出表情的平静。他最害怕她这样的平静，好像直接和那张脸背后的一个无底深渊相连。

她把头靠在他的腿上，闭上眼睛。他用外衣盖住她。

这一刻，只有沉默。穿过她的黑发的他的手。他和她像一对老夫老妻。虽然，他们一定会在不远的将来彼此抛弃。

他刚刚用相机拍下她的睫毛、耳垂和嘴唇。现在拍下她的手指，修长的手指。她的手指明白黑白琴键的轻重缓慢，在无声的时候却显得自闭和艰涩。

房间里的水仙和玫瑰在一夜之间全都枯萎了。大概是盛开得过于绚丽和尽情。

他听到她的喃喃自语："我将来开个通宵便利店，好吧？"

"好啊，连路灯都昏昏欲睡的时候，你那里仍会有好听的音乐，你爱看的小说。哎呀，应该不错的。"

"来买东西的人很少。我的音乐送他们消失在街道的拐角处。"

"那我天天来买东西，装作不认识你……"

她听见他的最后一句话，感觉心痛了一下。她想到了离别，想到了对他的隐忍的爱。她想，人们会看到这样一个女孩子：火焰般的碎发。蕾丝短裙套在旧牛仔裤外面。天使一样的笑容卷起甜美风暴，却没有人知道这背后的过往。统统被埋葬。

她一直觉得，自己即使落魄也会很优雅。因为她现在这个样子和落魄的时候应该是一样的：不化妆，头发干燥，喜欢旧衣服和宽松牛仔裤，在咖啡馆的角落里可以敲打键盘直到把一包烟抽空，整个人可以蜷缩在沙发上看人家情侣在拘谨地谈恋爱。

她不喜欢这种恋爱的方式。她不要彼此小心试探摸索然后循序渐进。她相信第一眼。第一眼决定了自己的脱胎换骨。

他不在她眼前的时候就在他的手机里。她把他的生活照锁定在屏幕上。常常孩子气地对照片说，你呀，飞檐走壁逃不了。真切而热烈的感情，从来都是脆弱的，孩子气的。

她有时候羡慕他的女儿，可以这样任性地被宠爱。而自己，却从来都小心地记得不给他添麻烦。在他眼里，她是个沉着而聪明的女子，他坚信她总是能很好地安排一切，并且什么都可以放得下。

可是，他不会知道：放得下，不等于忘得了。情感的牵扯仿佛变成一个人的事情。所以，对他，她不主动，也不拒绝。因为她觉得怎样都对怎样又都错。那晚，她沉静地将衣服一件一件穿上，退回到自己的天地里。她看到了墙的直角以及界线。她觉得自己无法像童年的时候，在秋千上轻轻地一用力，就能利用弧度和时间逃离这个小小的天地。她曾看到红墙外的世界。曾经有人这样飞出去，再也回不来。

那角落里的血迹仍然在眼前依稀可见，犹如桃花开放。

离别曲有点悲凉，但没有沮丧。日光升起，终究要各奔天涯。

她把肖邦的《离别曲》送给他，问他，还记得吗？那年夏天，你在长江上给我打来电话描绘三峡的美丽壮观，你说三峡即将消失，而此刻你的身后就是巨浪滔天。

她要他把车开到外滩的下匝道，看看浦江的破晓时分烟雨凄迷，等待海关的钟声凝重怀旧。

他说，抽一根烟再走，好吗？她答，再听一首歌就走，好吗？

她把车里的时间调慢十分钟，为的是多留一会儿。他对照手表装作不知道。

他说，你温柔的外表迷惑了别人却隐瞒不了我，你的内心有着非常的固执和暴戾的天真。你以为自己所有的选择都是对的。

我知道错了呀，但是改邪归正来不及了，除非你让我失去记忆，不认识你。呵呵。她轻盈地下了车，朝他挥挥手。

他见她在笑，放心地发动引擎。她目送他的车留下一个小黑点，转身沿着街边走。每一次都到这里。

说了再见，心却难以告别。大风里，她又想起那句歌词：用一辈子送你离开……想起他总是笑她幻想生离死别。她继续往前走，她从来不介意他缺乏爱的天分。

青春祭

只要用一个字，就可以写下对青春的再见。这个字就是大写的"喜"字。那是青春祭的鲜红印记。

她结婚了。坚持不办任何仪式，并且把家里装饰成白色，保留自己单独的书房和一个阳台。他都认可了，就像认可她保留过去的故事一样。

她的阳台上撑着一把墨绿的大伞。雨天里，她坐在伞下喝茶。旁若无人地喝茶。她想起上个世纪的事情：有一年夏天，傍晚时分，张爱玲和胡兰成倚在常德公寓的阳台上眺望红尘霭霭的上海。胡兰成说，时局不好，来日大难。张爱玲震动不已……

有时候，她觉得自己和一些从来没有见过面的人很熟悉，好像时刻在对话的感觉。据说，这是一种精神分裂。她不以为然。她是用眼睛和心体会的敏感的人，不是铿锵的辩手。从不做无谓的争辩。

结婚的当天晚上她一个人吃晚饭。关了手机。她不想知道任何人怎样，也不希望别人知道自己怎样。想知道对方怎样，往往是因为对方和自己有着割不断的什么牵扯，此刻，她觉得自己和谁都没有牵扯，于是关机。

晚饭后，开车出去。她觉得自己仍然是个单数。起步的时候喜欢让车穿蹿出去，用艳红的靴子踩油门，然后用戴着绿玻璃戒指的手指夹起细支甜醇雪茄享受悠然开车的乐趣。她静静地，仍是抢眼。

今年流行撞色。撞色，就是把两种对立的颜色搭配在一起。她很多年前就这样了。在加德满都丢失的一块大披肩就是大红和墨绿相间的大色块。那张在阳光下仰头张开双臂的照片里，是那块披肩把自己勾勒成一只欲展翅飞翔的大鸟。可她还是静静地飞回了这个欲望的城市。

飞回，是因为爱。爱一个人，是种意愿。意愿，虽然自由散漫，毫无计划，但是，听从灵魂真实的召唤。她清楚他和别人的不同：别人给予她的是颗粒状的情感，虽然给的很多，却无法填满她的每一个角落。而他给予自己的，是流水式的情感，少一点，也能润泽心灵的每一道缝隙。

她知道自己深爱的他对自己时常无能为力，不知道应该将自己驱逐还是霸占。她也不能给予任何建议和意见。因为她希望他自己单独决定一切。

她也是单独决定一切，担当一切。春雨蒙蒙的傍晚，她提了个有粉色樱花的绵纸灯笼在西湖边一圈圈地走。脱了鞋子，跑在冷而硬的石路上，脚底微微地生疼。

这个灯笼曾经陪伴她在加德满都寻找女神库玛里。空气里有着苍凉的震颤。一个小女孩子，只要变成女神，她就注定了一生与孤灯佛经做伴。假如不小心流血，立即又回到她的平民生活中。当然，不会再有人与一个曾经的女神相爱。

她想告诉他：我不是你的女神，也不是你的偶像。偶像即是标本。我要你深深地进入我，包括我的内心深处，填补我巨大的缺失。可她终于没有说。她把灯笼挂在湖边的树上，让它被打湿被熄灭，接受自然的命运。

她是他遇到的一块顽石。她在路边等了半生，遇到他就迫不及待地对他说，带我走！可是，她忘记了他的不堪重负。遇上的时候，他已经开始可以回首，而她还被太多惯性推着去向往。交会的瞬间点燃了彼此，一刹那的火花怎能燎原？她觉得自己能够决定的就是：不首先撤离。他要撤离，她亦送别。成赢家无惧，做输家亦无畏。

她感念他有温柔的停留，为她打开一扇窗，在她的眼前有大风携卷着花香吹过，有海鸟扑扇着被海水沾湿的翅膀飞过，有歌声轻轻飘荡飞越雨后的彩虹……最终，他给了她一个明亮美丽的爱情伊甸园，然后悄悄地走远，把她交给另一个爱她的男人。她不动声色地接受他的安排，可是心里第一次有了悲凉。

她感觉到他正在离开的时候，就常常给他写信，写好了并不寄出去。而是和一个信封放在一起。她曾经收下他给她的一叠钱，装在一个信封里。她收下了，同时也收下了一种关系的认可。但是，从来没有想过拆开那个信封。它们就这样被一起收藏好。等到将来的某一天给他。

她不知道这某一天到底是哪一天。她只能认定自己可以等下去。等到他老了的时候，陪他晒太阳喝茶，她的孩子一样会爱他。要一个花园，在满园的墨兰的清香迷人中看着他，欣赏他，回味过去仅有的片段，感受时间流过的美，感受平静的传奇的美。

生活之轻，生命之重，最终都能回味……

他送她的结婚礼物是一个陶罐。他们曾经在酷热的天一起去参观烧窑厂。她大汗淋漓、专心致志地学习烧窑，还差点灼伤了手。他心疼地笑她总是喜欢那种奇怪的艰辛的东西。

陶坯不是画布那么容易掌控，色彩薄了，烧出来的成品暗淡无灵气，而画厚了，又会淋漓不尽，全功尽弃。大部分的努力都只是沦为一场对于灵感创意的祭奠大殓，杰作的出现更是可遇不可求。

烧窑最终要依靠"上帝之手"。在高达1300度的高温下，陶坯造型的稳定、釉料的流变和还原都是无法精确预计的。

她把陶罐放在书房，呆呆地想起这段感情，像极了那放进1300度高温的陶坯。要么就是废品，要么就是惊世之作。

误点梦

一天的阳光灿烂。却在晚间，下起大雨。昨夜，她穿着在越南买的绣花布鞋在滂沱大雨里走路。裙摆轻轻拍打她的小腿。然后回家看十位犹太精英的传记到清晨。

她在淅淅沥沥的雨声中睡去又醒来。有点饿，却仍然只是抽烟，在窗口看雾气迷蒙的马路。"悲欢离合总无情，一任阶前，点滴到天明"。听雨，是孤单的狂欢。

少女时代，就曾经这样。在没有装修好的房间里，一个人席地盘腿而坐。在没有窗帘的房间里生活了半年，听水龙头没有关紧时发出的滴水声。用墙角的吉他弹奏肖邦，尝试受伤左手一样让《雨滴》的和弦有单纯而干净的美。

从来种不活任何植物，除了仙人掌。可是，他送的水仙，只是随意地扔在窗台上的一个大碗里，居然提早开花。满屋子香气。想念他的时候，香气缠绕而寂寞……这是她现在的家。

家，应该有生活的味道。脏衣物堆在洗衣机旁边。厨房里有切好的橙子。应该有一个男人，不是纵容你抽烟，而是逼迫你喝牛奶。

可是，这世间男子何其多，大街上多到触手可及，可是真正与你能相识并走进对方心里的是谁？真正能与你相拥而眠度过漫漫长夜的人是谁？

和你相拥而眠度过漫漫长夜的人就是能够走进你内心深处的人吗？

他曾经说她的内心是深海。潜入的人无法浮出海面。只是有勇有谋的人不多，惧怕的，失去耐心的，缺乏的耐力的最终都只在海边湿了湿鞋子。

"是的，"他一字一句地说，"所以我溺水而亡。你是水妖。"

黄昏的时候，她又听《扑火》。没有替身，不用特技，爱到飞蛾扑火、粉身碎骨，再也没有我。她想知道，扑火以后飞蛾的灵魂去了哪里？

这雨，从昨夜开始，从他出现的时刻开始。两部车并排停在广场上，隔着玻璃窗，望见彼此。距离，让我们如此清晰地看到对方的心底。

这个充满价格的城市里，人们都在衡量与抗衡，你可以在节日的绚丽空气里展示物质的富裕，也可以在空旷的下着大雨的广场上搭一个隐形的舞台抵死抗衡。

当那辆深灰的车在她边上戛然停下，她就知道他来了。一辆很陌生的新车，代表他的现实生活。车里的某一首歌，代表一个很熟悉的他。他还是喜欢把音量开得那么大。车窗开得那么大。雨也那么大。

世界的尽头大概就是这个样子。生命力以某种夭折的姿态得以凝固。折断的树枝矗立在夜空，散发着梦魇般的气氛。

其实，她觉得这个男人现实生活里的身份与自己无关。他可以是做生意的，可以是警察，可以是歌手，或者是杀手。

只要有这样一个人，和你并肩观望世间的风雨飘摇。那种惊动和欢喜，弥漫在苍茫天地。犹如沉没在深海的艳丽孤独繁华，无处展示。突然间，她感觉所有去过的地方都混淆在一起，心里无限怅然。

成熟的人，不问过去；聪明的人，不问现在；豁达的人，不问将来。可是，那年，她不够成熟，不够聪明，不够豁达。

她选择了独白的方式。所以他总是不太懂得她的表白。

他选择了矜持地守候，所以她从来都觉得自己的爱石沉大海。

她觉得自己不够美丽不够聪明。

他觉得自己不够富有不够成功。

折磨了那么久。问苍天自己还有没有机会？抗衡，还有牵扯。像那年爱听的歌《敌人》：我们是最相爱的恋人，也是互相伤害的敌人。

到后来，终于分不开。他问：落单四年，只为了一场看不见的约会。这样的我，算不算爱？

她靠在他的怀里听歌，泪流满面。如今，再也没有人想起来听《相恋》：

我最爱把我的脸，埋在你温暖怀中，听你的心有什么想要诉说。

自从你离去以后，冬天都一直不走。

你曾说我的爱最解烦忧，而如今，谁替我抚慰你的愁？谁让你忘了回头？谁为你温酒，谁让你醉眉醉了眼？

相恋太美，眷恋太深……

他怀里淡淡的烟草味道还有洁净而缠绵的亲吻。抱紧一点点，让呼吸里有爱恨在沉淀。谁都不要再说抱歉，与其怀念不如相见。

其实，她已有一辆奔驰跑车，却执意要他每月给她500块零用钱。加油都不够的钱拿在手里，手心微微出汗。

她收起了自己的300条围巾，只戴他送的BURBERRY。每天都是一身黑色。只是为了配合他的围巾。是这样甘心情愿地被套住。即使不戴的时候，也放在车里。

她坐在他的对面，静静地欣赏他工作。看他接电话时的微微皱眉。他不介意她的存在。好像她是透明的，是空气。她其实也听不到他说什么。她只在自己的臆想里。

已经十几个烟蒂横七竖八地躺在烟缸里了。她拿去洗干净。他突然说，和我一起去吃晚饭。她于是站起来，很乖把手伸给他摊开的手掌心，还是当年那个说"我好想吃红豆冰"的婴儿肥的自己。

　　她知道自己只是比别人敏感，有潜伏的野性，但是，她的野性不是为了占有，也没有侵略性。她的野性天真到赤裸，一路追逐一路流离一路放弃。她只是一味向前奔跑，到远方去留下被阳光灼烧的痕迹。她想加速生命的消亡，等待下一世追上他的步伐。

　　人生，就是一场误点梦。现在，有了更多的梦，还剩下一半的路……

石头记

今夜不太晚，我漂流在夜空里回想白天，才发现，你的寥寥数语，居然有能力贯穿我的 24 小时。

今天，我有了第 39 条牛仔裤，你也学会了自如运用"妖"这个字形容我。

我们探讨了一个前所未有的话题，没有答案。关于小野兽。你不知道我今天在家里铺好了地毯，厚棉布的地毯上绣满了向日葵，我让他们天真地打开着笑脸迎接你。

你说我布置这个家像蚂蚁搬家一样地慢。我觉得你形容得没错，我每天只能挤出一点点时间去照顾我们的爱情。等我们老了，我们就是一对蚂蚁，眼睛、鼻子、嘴巴，好看不好看，就差半毫厘，谁也看不清。我们将没有互相嫌弃的机会。

我开了一次快车，不小心闯了一个红灯，用 160 码的速度从警察身边擦过。你说你难道是舒马赫？也许警察也在想心事因此懒得管你招摇过市。

送了你一本书，在方格子里写了一些话，别人看起来不知所云。你应该一目了然。

我的脸色灰灰的，有点累，想在你的怀里靠一靠，像那块南非石里的一半。相爱的两个人组成了一颗心。

记得，我的心就是这块南非石，如果你想改变我，只有首先把我打碎。

恩怨是非兜兜转转、笑靥藏泪真真假假的《石头记》是曹雪芹的红楼梦。我的《石头记》走火入魔，却简单分明：分开，就是碎裂。

爱你的时候，一点不拖拉，没有让你费吹灰之力就得到我的全部。知道你的意思催离开，也配合得及时。当然，我一定抢先说谢谢和再会。

一个人只要不想占有，什么都可以放下。这是我灵魂深处坚定而纯粹的火焰，所以我不会飘忽迷茫。

从那个冬天开始，我们共同站在宿命的掌心里。将来，不再激情地相爱，不再有沉沦的感觉，我们也永远不会反目成仇，永远不会互相埋怨，永远知心地陪伴。

唐·威廉斯犹如醇酒般的歌声在我的记忆中永远是经典："你把从未感受过的爱情给我，你给我们的孩子以生命，也给我活下去的理由。在饥饿时，你就是我的面包，在风雨中，你就是我的港湾，在生命的海洋中，你就是我的船锚。但最重要的是，你是我最好的朋友。"

唱那首歌的时候，是1979年。人们的情感很朴素，表白也含蓄。首先记得不给别人添麻烦，不做损人利己的事。

我最近变得怀旧，也开始爱穿一身黑色。电台的歌越播越老。说话越来越少。把一张自己小时候的黑白照片带在身边，我惊异地觉得那个时候的我表情里就充满着活力和寂静互相探测的意味，好像触摸到生命的深渊。只是，那时候无法预测自己要经历怎样的剧烈挣扎才能皈依。

那张黑白照片原来放在梵高的画前。在我的录音棚里。画很大，照片很小。我从梵高的星夜中看到自己内心旋涡状的执意，焦灼的幻觉，周而复始的逃遁和对峙。现在，我把我的南非石放在这张照片的位置。

外婆要看我小时候的照片。她说她常常觉得我是她的女儿。她告诉我，再痛苦的人生都不能自杀，否则就像梵高一样在下葬的时候得不到一个十字架。

她现在睡得很安详。我守在病床边。我希望她在梦里离去。我们的福，不过就是没有痛苦地死去和健康知足地活着。

每次我陪夜我都不敢闭上眼睛，害怕在我睡着的时候外婆独自离开。于是，我用削得非常尖非常细的铅笔，在一张薄而透明的纸上写字，或者画小小的素描。一不小心，纸就破了，一幅画就毁了。所以我要画很久，用走钢丝一样的心情。一颗心始终悬着，整晚异常清醒。清醒的表演者不见得可以控制好自己，所以才不断地有人在高楼上看完沸腾夜色和万家灯火纵身一跃。

外婆的脸小小的，苍白但是干净，所有来探望她的人都感叹难得见到那么干净秀丽的老人。是的，我曾见过她年轻时候的照片，多么结实和苗条，面若桃花，乌黑的长波浪，风姿绰约的美人。眼前的她让我联想舞台上的阿巴多，他指挥安魂曲的样子永远宛如为自己指挥，亦是如此单薄、消瘦、沉迷。

外婆曾经和我快乐地探讨死亡。那时候，每天清晨比我早起多时，在我吃早饭的时候帮我梳麻花辫子，然后送我上学。她曾经笑嘻嘻地问我，她死了以后，我是否会悲伤。现在回想起来，十几岁的孩子点头实在是下意识的，更多的也许是怀着对死亡的恐惧。

在她入睡以前，外婆再次问我这个话题。我装作若无其事地笑，小心巧妙地回避这个话题。而现在看到她的嘴唇犹如一个静默的创伤，我的泪止不住掉下来。

没有恐惧，但是巨大的悲伤，却不是因为死亡本身带来的。眼前这个用生命交付于我爱的人，正在慢慢离开我。谁也不能把握离开的速度。

天上人间，可能再聚？一切是那么无奈……

天色拂晓时分，妈妈来换我。她以为我会回家睡一会儿。可是我直接去了录音棚。我答应外婆，要用我的声音轻轻朗读圣经故事，配上音乐给她听。

在很多个深夜，我都一个人面对我的梵高和南非石慢慢地磨时间，酝酿很久才说出几句话，我认为这样就能做出完美的节目。可惜我认为的完美是过于清淡的电台节目，只能让自己和少数人喜欢。

听着神秘园的《大地之歌》，是忧伤的调子，蔓延在麦子成熟的季节里。人们的脸上有乡愁的味道。那味道里含着遗忘，还有缘分，能够解释我们所有的人生了。

做着做着就开始和自己的影子比赛抽烟的速度。脱下高跟鞋，赤脚在录音棚里走来走去。这才发现我今天穿了双花袜子。花朵，让我感觉春天和情意的温馨的希望。所以，明天，我要把车里的垫子换成那对有咖啡和米色小花的，然后带着花朵的生命与情意去病床前。

外婆说，她小时候有个梦想是：想在离开这个世界前能够说出每一种花朵的名字。她的梦想没有实现以前，当然留在我身边。她离开我的时候，也必定实现了这个无限美丽的梦想安然而走的。

太阳出来的时候，接到如约而至的短信"公主早安"。我对着录音棚里的仙人掌微微笑。你们不开花也骄傲，你们没有雨露也开花，你们总是孤单而倔强地生长。你们真是精彩！

于是我回复短信：公主写好了新的《石头记》。

你给我一个问号：你不是说，你的《石头记》是"分开，即碎裂"吗？

我回复时加了感叹号：可是，新的《石头记》是用仙人掌的姿态和决心！用血液的黏稠和温度写成的！不会碎裂了！

你说你不懂。我想你会慢慢懂的。

我们都留下了省略号……

一、炼·爱

71

爱是难舍难分

他说，我被你的眼神湮没了。她说，我被你的眼神烫到了。眼神的痴缠是难舍难分的开始。

她喜欢穿他的棉布T恤做睡衣，在他的气息里做任何事情。

用一台电脑，用一个电子信箱。她睡着的时候，他将她爱的歌一首一首灌录进去。

书架里的书，朋友送来时都是写了两个人的名字，到底给谁拿去？字里行间的注解有你的，也有我的。是那个夏天，我看后再给你看。

没有是非对错。只要你对我好，你就是最好。最好你对别人都冷漠决断，唯独对我温柔而迁就。

他的打火机上刻写的是两个人名字的打头字母。

她的爱车里有两人相亲相爱的照片。

他不允许别人说她不好，因为那等于贬低他的品位和眼光。

她说你的缺点也是我最爱的优点。

遗憾的是：这一段爱情是从难舍难分开始走向背道而驰。

分手以后，她想起来交往中的细节：她的男友从来不直接把家里的钥匙直接交给她，而是约好每次她去的时候，到楼梯口某个很隐匿的地方取。她必须用一些类似发卡之类的工具帮忙才能取到那钥匙。现在，他们分手了。男人对别人讲，我从来没有给她钥匙，每次都是她送上门来。

一把钥匙，表明了他与她感情的地位。一把钥匙，成就了他的来者不拒，成就了她对别人的拒绝。

一对恋人，为什么一人爱得如此游刃有余，一人却含辛茹苦？他给予她的，是一把伞的命运。阳光一出，就把她留在门后，自己一去不复返。他的那句"改天可再会"，意思不过是"下次见面都失陪"。

可她仍然不死心，请求男友不要离开自己。没有想到，她在电话里声泪俱下的时候，他居然睡着了。

她猛然明白，睡着的不是他，还有爱情。卑微的爱情，委屈地成全。一切是两厢情愿，也终于到了尽头。可悲的是他会醒来，爱情却是长眠。

我想，经过了他以后不多日，她一样会接受别人，却不会缠绵痛苦地爱上。那段情分让她最终学会珍惜自己。

爱是难舍难分。你一个人难舍难分有什么用？最终还是了断。

爱是难舍难分。却不一定是人与人之间的。物是人非。刻骨铭心的是你和那段爱情，那段见证你美好的岁月。

男人曾经写下血书对她说："如果你不嫁给我，我就自杀。"当然，这本来就不是深重的爱情，而是粗暴的威胁。你流再多的血，也是无聊。女人的眼泪留不住变心的男人，男人的流血让欲走的女人逃得更快。

当然，他最终也没有自杀，并且活得很好，妻子儿女之外，甚至还有金屋藏娇。可是，男人和当年的女友都不约而同向别人提到那段情那句话。

血书，是他的经历中幼稚可笑的败笔，说出来，是暗示"她当年没有选择我真是瞎了眼睛"。

血书，也是她的回忆中光辉自恋的篇章。提起来，是为了说明当时自己的魅力无限。

爱是难舍难分。可有谁能料到：难舍难分的，到最后不是情义，而是财产。是啊，当初爱到头晕时，不是说过"你的就是我的，我的就是你的"吗？

中国式的离婚，就是不离！耗着！有力气的时候，短兵相见。没精神的时候，相敬如"冰"。

大家为这对模范夫妻热烈鼓掌，并投以羡慕的眼光。而他们呢，领回了掌声和羡慕，关上家门，却懒得先开口说话。和谐与美满，只是做做样子。生活的一半是遭遇倒霉，另一半是处理倒霉。好不容易下了决心，达成默契：与其一段破碎却束缚的婚姻，不如两个完整的自由人。

别人的难舍难分，是我用来隔岸观火的精彩故事。

我们的难舍难分，却是你的若即若离带来的焚心似火。

我多想对你说，全世界，除了你，都知道我深深爱着你。可我的专心无猜，你只当我是朋友吗？

你的心里究竟有着怎样的尺度？是不是到了你的底线都不是警戒线？

你从城市的这一头赶过来，在车里陪我抽烟，甚至为我点烟。是因为温柔的慈悲吗？

你任由我打开天窗，呼吸夜风的凛冽。是否还希望我是永远不凋零的花，哪怕经历风吹雨打？

看着你永远不惊不惧的样子，我曾经心安。现在却心慌。还有多少时间？我们不是算过吗？在一起的时间一生里最多有多少。可是，你完全没有着急。我却着急要慢慢失去你。

你说让我把你的情感炼成钢才好。可是，亲爱的你，早已经是百炼成钢。我的难题是，要在最短的时间里将你熔化回炉成铁。

我知道，你也一定曾经输给诱惑、时势、机遇、爱情或者命运，最终成就了自己的豪气与胆气。

你也知道酒醉的痛苦，不想和自己过不去。所以，你擅长细细品味，不想一饮而尽。没有绝对的把握，永远不发誓，永远不行动。连我赌气不理你的激将法也根本无效。

一、炼·爱

你任由我的情感自生自灭。

这是你的智慧。不是天赋。

你的天赋是：鼓励我离开你，又吸引我靠近你。这是折磨人的天赋。

你再一次将我送到家门口。将车前灯开关三次。那是我们的表白：我爱你。

如果你要离去，别再回头。如果你要回头，别再看我。看我满脸的泪痕，站在街灯下……

我一个人遛车。漫无目地开上高架。遛车，是你带着我经常做的事。我们嫌咖啡馆里的音乐太差劲，和我们车里自己做的绝版唱片无法媲美。

这首歌将被收录到哪一张绝版唱片？

"纤纤小手让你握着，把它握成你的袖……以前忘了告诉你，最爱的是你。现在想起来，最爱的还是你"……

这是潘越云的《最爱》。难舍难分的，是最爱时分的晴时多云。

2004 年的那场雪

　　我喜欢那个女声的喃喃自语般的歌唱。她来自窦唯的《八段锦绣》。我不懂窦唯为什么要定名为"安早，阳光"。在北京采访的时候，我也没打算去问他。一刹那的感觉，要他说清楚，很难。就算他说得清，我也不一定相信。

　　就像我不知道我为什么要在话筒前停留一样。我已经变得很忠诚。坐在话筒前，我就看到镜子里的自己。

　　十年以前，有个同事写检举信给上级部门。可爱的老领导找到我谈心的时候满脸和气加嗔怪，他说，你呀你，的确是任性了点。他还让我瞥到了那愤慨的检举信的第一句，大概的意思是说我根本不是播音员科班出身，凭什么到处说话！并且在直播室里一边直播一边玩茶道……

　　十年过去了，老领导说，也只有你经常来家里看望我，陪我玩茶道了。

　　我想我的表情也比从前单一了很多。不是五年前的桀骜不驯，也不是十年前的羞怯青涩。我也随时等待有人将我换走。但是我始终没有被换走。

有一段时间，我觉得日子变得稀薄，难以打发，又眼见着日子一天天迅速荒废。我在节目里很直接地评定自己的节目"做得太清淡"，可是，你却立即发来短信说"我正在享受精神鸦片"。

是你，让我捡回了做广播的状态。最初的状态。给我的是安全感洁净感。不必煽风点火地夸张情绪，也绝对不滥用在话筒前说话的权利霸占别人的耳膜。

有听众问我怎么处理这些年来我写给你的信。我说，扔了。我想，是我的回答伤了她。可我没有说谎。对于信件，只能这样处理。那是唯一的办法。我没有办法带上太多行李走路的。

可那些信件曾经给予我的温暖和鼓励，汇成海洋，在我心中起伏着。

2004年。我有着奔波的一年。每天在两个直播室穿梭。不过，最大的收获是遇到了你。

7月流火的夏天，我戴着七个耳环招摇过市。那个时候，你在哪里都不知道。

12月下雪的早晨，我在车里听《庭院深深》：多少恩怨，随风而逝。两个世界，几许痴迷……

你说，我外出办事，这才看到真的下雪了。我体会到你说的喜悦了。只是遗憾今天不能来接你。

我靠着车窗玻璃上瞬间融化的雪花给你发短信：

希望你喜欢我送你的ZIPPO。

你答，多吸了几支。

我说，我昨天在巴黎风情喝茶了。你答，不要戒茶。

当然不会戒茶。因为巴黎风情的乌龙茶远不及你办公室里的好喝。

倘若你没有好茶，又怎能换回我为你播的歌？

明天，我要让你听那首写着我姐姐爱情故事的歌。

那个夜晚，她和男友一起上完夜校出来。看到异乡的第一场大雪。耳机里的歌词听得分明：大雪怎能掩埋我对你的爱，有多深……男声沧桑，撕裂般的温柔；女声清冽，穿透寂静。原本一点不和谐的两个声音转换着纠缠着，扣动心弦，仿佛怎么爱都可以永远。永远永远。

姐姐的爱情无疾而终。几年后，她回到上海嫁给了另外一个人。也是一个下雪的夜晚，她神思恍惚地后来跑到国际饭店。那是当时她知道的最高的楼。共有24层。曾经沿着阳光明媚的外滩到这里，有一场轰轰烈烈的婚礼属于他和她。十里洋场的气势根本承受不起冷漠的心灵。转眼成空。那场婚礼是海市蜃楼。

姐姐说，我即使不爱他，也是把他当作亲人相待的。我和他在一起，不是为了一天或者一夜，我累了，我是想和他共度余生的。没有想到，他却早早地在暗里策划分手，让我一无所有地离开。

她没有从最顶层跳下来，所以9个小时以后，她居然还能在我耳边诉说自己被抢救的感觉：我知道麻醉剂输入到静脉了，随即被无知的黑暗包裹。失去知觉。

我看着姐姐苍白而消瘦的脸，好像听到时间的流逝。

一、炼·爱

时光飞逝如电。姐姐在加拿大。那里经常大雪纷飞。她带着三个金发的小孩在雪地里嬉戏。笑声穿透蓝天。

姐姐在电话里说，让冬季飘雪的音乐凝固成回忆吧。音乐怎能凝固？音乐如时光，在爱与不爱中交替着飞逝。

我们对于爱的贪恋终于得到救赎……

这个早晨，我望着窗外的小雪。发现自己的喜悦和洁净。我觉得自己比任何时候都坚强。我终于有能力对他们的话不在乎。不是赌气地不在乎。而是异常心平气和。

寒冷的雪天，我被裹进你的大衣，我听到你心跳的声音，闻到你咖啡色的粗麻围巾上雪花的气息。它们干燥而晶莹。微笑着纷纷扑落。

我忽然想起我们讨论过的一个问题。关于傻子和骗子的情义。

当傻子和骗子在一起。比较幸福的是傻子。因为，心里没有阴影，没有算计。

当骗子和骗子在一起。没有幸福可言。因为，大家都在琢磨怎样让对方先掉下悬崖粉身碎骨。

你让我放心，因为你虽然确定自己不算是一个傻子，但是也肯定不是一个骗子。

我也的确想过这个问题。是的，每天要和形形色色的人周旋，要在很多纸上签下自己的名字，你怎会是个傻子？但是，你又很傻。因为，要花那么多时间给一个原本和你毫不相干的人。而且这个人，对待世间的很多事情，一如既往地暴戾和天真，不遵守规则或者秩序。

据说，内心情深义重的人表现出来的总是淡然如水甚至断然无情。你是如此。

我亦说不出来情意绵绵的话。所以，给你听很多关于雪的歌曲，让旋律冲淡情义的黏稠感，也不会让你束手无措。

我是个没有要求的人。即便爱着，也像深海。惊涛骇浪只在海底发生。

昨日凌晨，印度洋的强震引发了一场海啸。灾难毁灭了许多幸福。我想，你可以从我清淡的节目里找到对你说的话：今宵多珍重。

一、炼·爱

补 玉

你说,在相识最初的日子里,我曾经穿一条长长的黑色裙子来见你。一朵火红的小花别在发间。你记忆犹新。

那是我的女友送我的。本来,她说等到她订婚那天穿。可是,因为车祸,她失去了双腿。她30岁以后的人生将永远在轮椅上度过,身材会变得臃肿难看。所以,她把最喜欢的裙子送给了我。要我代替她穿。

我和她一同去尼泊尔。在博卡拉的集市上在同一秒钟为它惊呼,却被她抢先买下。我曾经为此"耿耿于怀"。

当我穿上美丽的长裙出现在她的面前,她突然抱住我失声大哭。她说,早应该穿的,真后悔等等等。不是我的,总不是我的。我付出了昂贵的代价,仍然不是我的。

我知道,她痛的,还有她的爱情。虽然,男友始终不说分手,按时来看望照顾她。但是,结局谁都明了。男友只是不忍心,他把说出分手的优先权给她。那是对她最后的慈悲。

那么，你呢？是否也只是等待着我先说出分手？

我在心里练习了几百遍，仍旧说不出来。你彻底打开了我生命里的天真和脆弱。骄傲的沉着，哪里去了？我也不知道。

你喜欢穿深色衣服，说话的时候旁若无人，自己和自己比赛抽烟，静下心来才会抽上板烟斗，你害怕点眼药水，有时你也大声地笑，更多的时候是寡言少语看穿他们却不说穿。

对你的爱，像驾驭我的跑车，有着一流的ECVT装置，一路飞驰，无级变速，自然流畅。滑入深渊或是直上山峰都没有犹豫停顿的感觉。

那天午后，你坐在我的对面吃两个我洗好的红布林。我坐在你对面喝一杯你沏好的蓝贵人。你不断地接电话。我读当天的报纸。

你说，我们这是怎么了？有点什么还是没什么？很自然还是很过分？

你常常会提出一些叫我不知道怎样回答的问题。善良而敏感的美德显得很没有用，因为根本无法帮助我们解决一些现实问题。我们的人生，总是失意多一点。

听一首歌，歌里唱："再一步，也不过是悬崖。"说这话的，是一对为爱痴狂的人。我们常常很理智地提醒对方，又觉得很徒劳。

我用第一人称写一篇小说，写到了一个结局：

一、炼·爱

春天的夜晚，打更的人从小巷深处走来，声音传到很远：天干物燥，小心烛火。

我喝了很多水，涂了很多润肤露，做了很多防范措施。

但是当你的手指触碰到我的肌肤，一瞬间，还是走火了……

听说，在我们走火的时候，远方沙漠里突然有了一场雨，所有野花几乎在同一秒绽开，所有的树木也几乎在同一刻爆发新芽。我仿佛能听见那一刻生命共同盛开时交会的巨大声响。

这听起来很点玄乎。你看了这样的结局又会不屑一顾地说我的美丽不堪动荡我的漂泊不懂泥巴。都是编出来的故事而已。

我怎么说得清楚，你是我故事里永恒的主角。

茶道里有个观念叫"一得永得"。得到一次就是永远，瞬间就是也是沧海桑田，纵然此后是风烟万里永不相见。然而，我心中有你，我的血液和身体里都有你，所以我拥有我的天荒地老。只要你的记忆还在，我就在你身边不曾离去。

我有三层。最外面的一层是牛奶，柔软洁白，第二层是甜点，缠绵甜蜜，最里面一层是黑咖啡，苦涩凝重。

大家看到我的最外面。你品尝到我的第二层。我也的确希望我的存在让你感觉人生的温暖精致甜蜜和柔媚。可是，战争与灾难来临的时候，最先放弃的是这样的一类东西。

我懂。所以，没有你的时候，我把自己归还给黑咖啡。

一个男人的爱，也可以有很多层次。《红楼梦》里的贾宝玉，拥有深爱的林妹妹，恋慕的宝姐姐，怜爱的湘云，珍惜的妙玉，感怀的晴雯，依赖的袭人……然而，我相信，他最爱的是林妹妹，因为她这一颗充满诗意的灵魂，美好而脆弱，与他心意相通。

黛玉葬花，实为葬心。面对残红遍地零落为泥，她那么热烈和绝望，那么优美和凄凉地表达出来。可惜在大部分世人的眼里，这一切变成了清高和不可理喻。

我不是黛玉。现实教会我不能向生活任性撒娇。现实教会我要抓紧时间去做喜欢做的事情，和喜欢的人在一起。

这两天，我惊奇地发现一件事情：我那有裂纹的玉手镯居然弥合了裂纹。我记得，十年以前，我骑马不慎摔下来，佩戴的玉手镯有了裂纹。可我仍然戴着，肌肤相亲，昼夜不离身。果然，美玉得到了体温的滋养，渐渐地裂纹就弥合了。将来，想必会弥合直到天衣无缝。

这就是补玉。

假如，你退出。我只是说假如……

我会像补玉一样地来弥补这份情感。先选择一个地方，在西藏的朗县。一个集市、一个饭店、一个招待所、一个诊所，还有一个小商店，就是全部的县城了。从小商店里可以买到快过期的或者已经过期的水果罐头和啤酒方便面。包装纸上满是尘灰。

　　我希望将有一天能够在那里开一个做蕾丝的小店。公主的蓬蓬裙、新娘的面纱、晚餐的桌巾、美丽的窗帘、教堂烛台下的绣垫、舞台帷幕的流苏……是一个裁剪梦的小店。让这条小街把所有人迷倒。

　　这个小店应该开在巷子深处，有百花香。在转角处，一个老人戴着老花镜在修雨伞。地上有一个旧的录音机，放着缠绵的曲子。他的脚边卧着一只猫，和他一起醒着听着，睡着梦着。这个老人或许是我，或许是你……

　　别处，生活像沼泽，诱惑你深陷泥泞。这里，夕阳干爽，晚风轻拂，时间走得很慢。

　　这是补玉的好地方。某年某月……

伤痕牛仔

我想我们是有感应的。像连体婴儿。

和你分开的那天，我就忐忑不安，预感你会生病。所以我希望我大醉，醒来后第一眼就见到你。

果然，我酒醉后的第二天，你病倒了。我说，我随叫随到。可是整整一天我都像守候球场边的候补队员。

时间仍旧过得很慢。慢到令我想起曾经在溶洞里抚摸过的奇特钟乳石。下面的石笋和上面的石乳还差三厘米就要接吻了。可是他们每100年才长一厘米。所以我此生见不到他们的亲吻。

我打开电视机，穿着我的Levi's501限量版牛仔裤在房间里光着脚走来走去。

屏幕上，正大力推广我身上的伤痕牛仔。它受到狗的撕咬，经历了实验室的火灾，被悬崖上掉落的岩石打中，但仍然完整生动。尤其是那对爱侣身上的牛仔用闪电镶边。

仿佛昭示天下，当感情遭遇电击，他们仍然手挽手不离不弃。

当你把那破边与补丁，那粗糙与磨旧的感伤穿在身上的时候，你是否觉得就像对于身体上伤痕的认可呢？广告里说的没错，牛仔裤上的伤痕犹如你身体上的标记以及内心的创伤。一脉相承。

我在后腰的内面用防水墨水写了一个日期。今天。对于我的感应的秘密而妥帖的收藏。

转个频道，突然看到当红的她被问到当年拍裸体写真的经历，她说，当年只有14岁，是听从公司安排的美丽玩偶。我不是要澄清什么。我只是觉得，其实14岁的我很美丽很纯洁。

她的眼泪在眼眶里转一转，没有掉下来。

她在没有成名前是我的朋友，她曾经给过我她自拍的照片和从日记本上撕下的章节。我曾经告诉她我的一个奇怪的梦，梦见我在陌生的马戏团醒来，是一个华丽的稻草人。

我们一同去过巴黎。都没有在艾菲尔铁塔和卢浮宫前留影。我们很有默契地惺惺相惜对方的灵感与骄傲。我们只拍下我的眼睛能够看到我的心能够体会到的细节的东西。可能是局部的放大，任由夸张而脆弱的本质都凸现出来。

她唱歌的声音像一个极其缠绵的女人对你轻言细语耳鬓厮磨，然而在生活里她却常常紧急刹车干脆暴戾或者猛踩油门，一脚到底，拉上急速。

我们曾经讨论过彼此的性格，像咖喱，简单又浓烈。得加上很多香料品尝才让人着迷。品尝的人拥有什么香料，决定了咖喱的好吃。

　　不同的香料决定了我们在某处分开，一个左转，一个右转。

　　世事变幻无常。她不要做被拯救的公主，要做被爱神亲吻的骑士。所以，她总是以完美的笑容与高调的姿态走在水银灯下。

　　我已经穿破水晶鞋，可是他还没有驾着南瓜变的马车来找我。我只能自己砸开迷宫的入口，我找到他的时候，他还没有找到出口。所以，我穿了疤痕牛仔在这里顽强守候你——我的未来归宿。

　　窗外是小说《阴阳师》里特殊的调子。黄昏。下雨。听得见猫叫，园子里草长得太高。沉重的桃髻下面，一个女子飘然而过。读《阴阳师》里咒怨鬼魅的故事，那光影瑟瑟阴风幽微都会在坦然寂静的心里铺陈出华丽哀怨的阴霾之美。

　　突然，窗被大风吹开。我惊异地发现自己像故事里跪坐在禅房外的栀子女，她的前生是《金刚经》里的一个"女"字。她没有嘴，所以一切的挚爱、担忧与幽怨都无处诉说无法表达。

　　我将这样走向病后的你。让你见到我的伤痕牛仔和我的黑色蕾丝内衣，胸前挂着艳红的十字架项链。远看犹如触目惊心的刀伤。近看充斥着无言的祈祷。

人间四月天

人间四月天就要过去。一颗动荡不安的心，抢先翻了日历。以为这样可以走到时间的前面，离我们的永恒更加近一点。

四月九日。查尔斯和卡米拉举行了平民婚礼。婚礼的当天，英国细雨蒙蒙，天色阴沉。卡米拉穿米黄色的套装，笑容里看不出真实的心里。很多贵宾缺席。不在任何媒体转播。

平民婚礼当然没有办法和那场世人皆知的世纪婚礼相提并论。但是，查尔斯对卡米拉说的那句话没错：你最大的成就是让查尔斯爱了35年。

童话是什么？查尔斯和卡米拉的情感就是童话。爱我爱的，与世人统统无关。本来，婚礼是个盛宴，而盛宴只不过是流水席。许多来庆祝的人都是与我们无关的人。得不到祝福的爱不见得就是脆弱解散。让外人来做见证的情感未必就是长相厮守。

曾经有个人说等到我将来身边没有人宠我的时候，他才愿意来陪我说话对我好。会有那一天吗？我不屑一顾地回答，那你等到死都不会有这个机会了！从此那个人不在我的眼前出现。

我想我大概是刻薄了点，人家作为一个认识的朋友待我可以，我又何必在言语上相逼较劲？但是，饥不择食的道理难道他不懂？在所有人大献殷勤的时候，我目光的跨越人群、穿透赞美与非议，唯独聚焦在你身上——这才是你的骄傲！

而我的你，并不让我感受你的骄傲与幸福。你更常见的表情是：露出微微的倦色和焦躁，你柔软的鬈发盖在前额。你说，年轻的时候，有一头非常浓密的天生鬈发，可以三天三夜不睡觉。哦，那该给你的头发取个名字叫波斯菊。你笑。笑我说出来的话像童话里的人说出来。

童话里的人为什么不可以是我？我要开着保时捷跑车去超市买菜，做小妖一样的另类家庭主妇，还要牵着我们孩子的手去给玫瑰花浇水。在满园的玫瑰花香气里做一个超越沧桑的公主。你会看得见这一切。

现在，只是我们的童话开场白。要情节离奇还是温馨甜美？要用彩色蜡笔书写还是水墨挥毫？

其实无所谓。我想，除了你和我本身，别的，都是多余，最多是载体而已。

就像我在给你的第十一张绝版唱片里加了一首我自己

唱的歌，可是你没有听出来是我唱的。或者你没有好好地听我那张唱片。在从前相对的一段时间里，你必须从我的歌声里揣摩我并求证答案。而现在，一切再明了不过。相处的岁月里，形式当然变得越发简单：

像蜻蜓灯下的晚餐，从满桌的佳肴到几个蔬菜和一碗白饭。你穿条纹衬衫的那天起，我的亲吻已经不再生疏。我生气的那五分钟里，你多抽了四根烟。在高架的下匝道，我说把车停在斑马线上是为了目送你的飞驰。在黄灯还没有来得及变绿灯的短暂时间里，你居然堂而皇之从车里走出来，在马路中央拧我的鼻子……

记得那天你走的时候，我正在忙于录音剪辑，我只是感觉背后有人拍了一下我的脑袋。我点点头说"BYE"，并没有回头。后来你说，你一直在门口看着我的背影，以及稻草一样的头发，干燥鬈曲蓬松，像一段野性而流丽的音乐。右手臂上的一排金属环扣在灯光下闪闪发亮。你抽了一根烟才走。走到电梯口的时候，还想了很久奇怪自己怎么会和一个这样的外星来客瓜葛纠缠，无法分开？

我们都不止一次地讨论分开，却又为见到对方几分钟而不惜开车一小时。如果不是天意，我们又该怎样解释彼此的一切！

醉酒的夜晚，坐在车库外的台阶上给你打电话，夜，安静极了。我嘻嘻哈哈地向你道晚安，心里其实很清醒，不要说出"我很爱你"几个字。我们是带着很多禁忌的情人，一不留神就烫伤了自己和对方。

下过雨的地上，潮湿极了。可是我站不起来，蜷缩在风吹过的转弯角上，看星星，很遥远地眯眯笑着。我就这样睡过去……

直到有车从车库里出来，从我身边过去，我才醒来。没有手表，可是我看到晨曦。

昨晚发生的一切都忘记了。我以"醉妖"的名义给你发短信，若无其事。你对我的情绪变幻常常束手无策。不是吗？你只是轻描淡写地说整晚失眠。

桃粉和草绿的春天快过了，我盼望快快进入下一季，甚至快快进入下一个生命的轮回。因为，你已经不止一次地感叹，和你一起太累了。总有一天，我的敏感与脆弱会让你不堪重负地逃掉，但是我仍然会坚持到你逃掉为止。我们说好了是坚决不撤离的，就算发生的一切只是意外事故，坚守现场共同承担。可是，我知道你坚持不下去。

所以我开始追求爱你的速度，像赛车一样，我必须追求速度。可是速度，是生命安全的大敌。《圣经》里说摆脱了生命的限制才能飞速前行。那我的亡命漂移也有合理解释了。

那个忧郁的声音像是故意把歌唱给我听，听到我落泪为止："下辈子如果还能记得你，我们到死也要在一起。"在音乐学院的琴房。在电台的录音棚。在地下停车库。

好，下辈子到死也要在一起……但是，这辈子该如何潦草飞度？！

在潦草奔波的时光里，我想做你灵魂深处的洛丽塔。

一、炼·爱

你所有的罪孽与热爱，你所有的天真与狂野，都系到洛丽塔身上。哪怕她远嫁他乡流离一生，你都无法将她抹去。

一个人对另一个人好，是什么？好，就是忠诚吗？

忠诚是什么？是不是我的身体和心灵全都必须归属于你？

我并不是个忠诚的女子，但是，我对爱的虔诚却是你不曾见到也不能体会的苦行：

去年在西藏，见到两个衣杉褴褛的康巴人，在觉仁波切（释迦牟尼）的面前燃指供佛。听说他们在离开家乡前就用布条紧紧包裹大拇指，让它的神经坏死，然后一路磕着等身长头，一年后才抵达祖拉康（大昭寺）。他们点燃被酥油浸透的拇指，让微弱的火苗映照一颗难以用语言描述的奉献之心。然后无比专注地祈祷和无比满足地凝视穿金戴银的人们点燃千盏灯。随喜……

我，没有能力点亮千盏灯来吸引世人的目光和称颂，千盏灯也不见得可以驱散轮回路途中的黑暗。虔诚的我，已经点亮心尖的那盏孤灯，不灭的孤灯带我走过细雨霏霏的四月，走向歌声里那个下一辈子的你，完成我的忠诚。

四月的最后一天，我和你分开，我持续注视云朵，居然发现，明明是同一朵云，可是她已经在不知不觉中变形。只要我把眼睛移向别处一秒钟，我就不认识我的云朵。眼睛看酸了，流出了眼泪。

二、红袖添乱

你不是哈佛毕业的潘金莲，又怎么能要求他是坐怀不乱的比尔·盖茨。

　　不如，任由他给你一张白粉天网，任由你给他一个红袖陷阱。公平地爱起来再说。哪一段爱情是事先设计好的样板？

爱上 MBA 男人

每个人的心里都有一头野兽，但不是每个人都拴得住。

当你爱上一个不该爱的人时，你的野兽已经脱僵了。

那么多相同的结局放在眼前，从小说到电影，偏偏总有人想创造奇迹。奇迹不会来，前赴后继的还是大有人在。最常见的状况是：

男人穿梭在"有空"和"没空"之间，小心翼翼，决不让一场不该打响的离婚大战弄得人财两空。女人流连在"怨妇"和"美妇"之间，一不小心就沦落为"弃妇"一个。

借来的东西，你可以迟一点还，但是不得不还。你想永远霸占的，只有回忆。

人，也是一样。谁让你爱上一个这样的"MBA"男人呢——

他，结婚了但是有空——Married But Available。

他有空的时候，你是一道甜点。他没空的时候，你是一个障碍。别忘了好好扪心自问一下：你有爱上MBA男人的本领吗？你有耐心陪他们玩下去吗？就算的确有真情真爱，你甘心永远栖息一角、暗无天日吗？

如果你不幸爱上了一个MBA男人。那么，我知道：我劝你趁早收场也是悬崖勒马——估计你也早已马失前蹄。摔得粉身碎骨时，还要面对他一脸无辜的"情两难"和后悔莫及的"情难枕"。

他一定诚恳地对你发誓：我和她，没有爱情，只有恩义。

恩义，恰恰是他们婚姻在浮世中的一个救生圈，用来套着自己，也套着对方；是负担，更是拯救。

至于你和他经年累月的爱情，对于男人，是经历，对于女人，却是耽误。

相见恨晚、飞蛾扑火——都是你自己对自己的过于美化。但愿你可以看得见：你们惨淡收场的时候，所有的人都从"果然"说起，伴着先知先觉的表情。其实，一开始，结局已经清清楚楚摆在那里，你非要以身试演一次，否则不肯善罢甘休。

果然。

果然。

果然没有人相信你们的爱情。

也没有人相信任何人的天长地久。让人伤心……

在这场戏里，算幸福的还是MBA男人糊涂的妻，以为自己的男人是世界上唯一幸存的坚贞好男人。也或许是他的妻心知肚明，深知自己年岁渐长，创伤亦增，怕承受不起真相，不如佯装现世安稳。

倒是 MBA 男人沾沾自喜在人前夸耀：欺骗一个女人十年，让她感觉稳定快乐，总是好过老实坦白而伤害她，让她痛苦不堪、寻死觅活。

左右逢源的 MBA 男人，不是虚伪，是什么？

你如梦方醒、为时已晚吗？总比噩梦不醒、耗尽一生好吧？

二、红袖添乱

你的样板男人

2005年的情人节刚过，你发誓要完成结婚大业。决定先从现有的男友里挑一挑。

你的男友个个都很出色吗？

是的，都出离于色！

你的样板男人在哪里？

不请你帮我一起找一找嘛。

你说45岁以上的男人比较好。不想再折腾的那一种。

可你忘了大部分这个年龄的样板男人是可怜的男人：事业是国家的，荣誉是社会的，成绩是领导的，工资是老婆的，财产是儿子的，错误是自己的。当你问他：我有的是丽声，你老婆有的是厉声。你到底要的是谁？他的工作就一下子忙起来，忙到从你眼前失踪，或者只能请他老婆来接待你的造访。

你说找个理性点的，不会动不动要离家出走追求自由。

可也许这样的男人久经沙场讲求效率理性冷静，都属于植物型的，优柔寡断。读情书的反应就像读资产报表，无动于衷。和这样的人谈话都是很没有劲的，更不要说谈恋爱了，吃不吃都端着的架势，说大话用小钱，雅趣没有俗趣也丢了，禽兽不是教授也不如。高低起伏的心情体操、或左或右的脑力跳槽，都不是他擅长的项目。你也不屑于和这样的人一试身手。

你说你的意思是找个意志力强点的，不要老犯错误伤你的心。

我急着摇手。这年头三步一发廊五步一桑拿的环境，意志力普遍薄弱，革命同志面对美人计的都学会将计就计了。20世纪末的时候，连克林顿也没有把持住，成龙也犯了全天下男人都会犯的错。你的样板男人就能不生二心？

你说，有道理！看来是自己魅力不够，不如做个高尚的狐狸精，只媚惑自己的男人就是了。

我看也很难。当下最流行的是喷火美学，可惜辣妹娇娃你都不是，玲珑剔透、媚眼细腰都不到位。显然无法让别人的眼球喷火，不如保持本色表演。

你若有所思地对应：那我至少得找个有文化的人吧？

我大叫我看不见得。有些伪文化人不如没文化的生意人。人家做生意的没有责备你有文化的人不懂"增值税"和"干股"，你又为什么动不动写篇文章骂人家没有读过曹雪芹不了解莎士比亚。

你愣在那里一脸茫然。你说，其实只是想找个好人共

二、红袖添乱

同生活、收入支出相对平衡，男女干活搭配不累而已。

哈哈，你赚的钱足够每年去好望角，又为何要跟随他去城市的下只角？一结婚，他和他的收入立即成了你的收入，但是请你不要急着沾沾自喜，因为你至少已经把自己当成本投入。按照经济学原理，实在不应该漏了那么大的成本核算。难道你忘了几年前的那一次：你为了给某个人买一条粗布围巾做生日礼物买了张机票直飞丽江。到他手里的只是一条45块粗布围巾。他随手放在一边，根本没有顾念你的巨大投入成本。

你开始掉眼泪。你的提案都被我轻易否定。

我说，亲爱的你别哭。你的心情我也曾有。都市生活虽然五光十色，的确并不值得你我一咏三叹。而深夜里令我们泪流满面的一切又该和谁去倾谈？

假如你的样板男人，非黛玉不足于情人，非鲍鱼不足于夜宵。找到了你也担当不起。你不是哈佛毕业的潘金莲，又怎么能要求他是坐怀不乱的比尔·盖茨。

我也有很多熟人，但是不轻认朋友。我相信大浪淘沙终成正果。白粉上身的感情让你依赖难以戒掉，红袖添香的温情也应是他此生的缺失。

不如，任由他给你一张白粉天网，任由你给他一个红袖陷阱。公平地爱起来再说。哪一段爱情是事先设计好的样板？谁和谁不是因为"缘"来就是你！我们找不到我们的样板男人。

高龄少女

她是一枝耐看的花，绝对不会让你近看就喊妈。她极
其大方地把自己归属于这个都市里的"高龄少女"一类。她
的解释是：因为没有结婚，身材娇好，所以"少女"。因为
过了三十，阅人无数，所以"高龄"。

心情好的时候，她把阳台想象成舞台，一个人哼着歌，
或者嘻嘻哈哈。面对罗马柱的支撑，水泥雕花贴饰，墨绿
的大伞打出几个电话，她喜欢拨弄着眼前那个一团乱麻的
方案说：哈哈，我在做作业。你可以蔑视她矫情做作也可
以欣赏她纯情可爱。

有个富豪说她的纯情是假象，因为曾一不小心就被调
侃得火辣辣："你不是要送我生日礼物吗？对啊，我什么都
有了，不如你送我一把火吧。将一亿美金堆起来，放一把
火烧了。哈哈……"

呵呵，高龄少女？！到底是有点火候了。

二、红袖添乱

富豪关我什么事？说不定还有他的负债累累、艳遇重重等我去分享呢。不如过自己的小农经济生活：花自己的钱，有点辛苦有点不甘心，但是想怎样就怎样。

高龄少女有足够的资本藐视《爱经》理论。那本白皮书里居然教导男子：只要你下定决心，看清目标，穷追不舍，那么一定成功。爱情的攻势无非是玫瑰加钻石的死缠烂打，基本没有女人可以在这场浩劫中幸免！

谁说的？她认为自己就是卓而不群的异类。干脆说白了，就是劫后余生的那一位。爱情，在她心里已经是一门学问，不是纯粹的美学或文学。在某个时间，她把它演变成披着美学文学外衣的经济学和市场学。

她不是没有碰到过好男人。但是碰到了又怎么样？发现了对方，撞出了火花，还是不能厮守。

说起来，她和他第一眼的确有很多令双方相见恨晚的共同点。但是，经不起推敲就玩完了。

说起来都爱春天。可是，她爱的是在黄昏的春雨绵绵里穿条旧棉袄不打伞地走走把自己淋湿；他爱的是透过窗看看细雨霏霏决不将自己的 AMARNI 休闲装以身试演。

说起来都喜欢蓝色。可是，她爱的孔雀蓝的妖娆抢眼，所以把眼线都描得香艳；他爱的是深蓝的低调平实，所以远远看起来那样的蓝色几近黑色毫无新意。

说起来都爱听音乐。可是，她爱的是摇滚与电子，开车时拉上速度为之疯狂着迷；他爱的钢琴与老歌，认为开快车只是小孩子的赌气车。

唉！浓淡口味天差地别。原来以为细微色差却变成了水土不服，终于咫尺天涯。

为什么不可以像伏特加与朗姆汁的交融？美妙的口味在于个性的冲突与混合。委屈自己才能成全别人，天造地设不过是保留意见。高龄少女早已经脱离一张白纸时代，前思后想还是忍痛割爱。

总的来说她觉得一个人很好：信用卡是自给自足的坚强保障，小资情调加些痴人说梦令自己散发迷人的光彩。有的是男人大献殷勤，对应的是保持头脑冷静。内心里觉得房子车子之类的东西，充其量只能被称为生活的目标或者日常规划等等，都可以，但是总之别称这些是梦想。梦想，应当具有可望不可及的感染力。比如：爱情。

高龄少女很难爱上什么人，因为她总是爱上爱情这个梦，又对现实中的人过于理性地分析。被定义得悦耳些是"矛盾统一体"，就其本质也就是"精神分裂"。

会思考的人总是慢慢形成自己独家理论，比如，高龄少女的"牙刷理论"就很值得被加进《爱经大全》：

"不要轻易地以身相许，一旦相许就不要轻易更换。因为，居家男人等于日用牙刷。好的日用品标准就是：价格适宜、经久耐用。每天相见并且使用。就算你想起来每隔一阵子要换新的，但是换来换去还是差不多的。干吗浪费青春在选择普通牙刷上呢？"

当然，她没有浪费青春在普通牙刷上，可青春还是会溜走。所以，她就这样慢慢变成了高龄少女。

双面小妖

小妖最终买下了那辆银灰色的新款 BMW 敞篷车。她没有听任何人的怂恿选耀眼的红色。她说银灰色够低调。她的低调在别人眼里多少有些欲擒故纵。

她的破牛仔配新跑车，倒是一道别样风景。那条破牛仔裤的确很有风格。磨白。破洞。让人想起波姬.小丝的那句经典广告语：在我和 Calvin Klein 之间什么都没有。在她的身上，牛仔裤告别了粗糙结实的印象，开始了性感烂漫之旅。

裤管上丝丝缕缕仿佛在斜眼俏皮挑衅：一切是漫不经心，全看你懂不懂行了。关于这个问题，她曾对一个自命不凡的人不咸不淡地说过一个不像笑话的笑话——你请一个人吃鱼翅，可是他吃完了皱皱眉："这是我吃过的天底下最难吃的粉丝。"

小妖的时尚观是：皱一点，破一点，旧一点，都不是问题。关键在于细节！细节的精致就是品位，你看不到，她就永远不存在。搭配破牛仔裤的嫩绿小背包是今年 L.V 的新款，要花上一般小白领的两个月工资。平底的白色的凉鞋在伦敦的 CLARK 专柜买来。悬挂的平安符是她从爱琴海带来，蓝色的两颗象征真主的眼睛，她坚信它会为自己带来好运气。

还有一些情节小妖不会让你有缘见到，比如：她流泪的时刻，听 ENIGEMA 的迷幻。张爱玲的小说里亲笔做了注解，书面被包成了白皮书，很容易被别人认为那是一个女孩子的言情小说。后备箱里有荷马高尔夫球具和依云矿泉水。

小妖认为：有些人本来想显示的是品位，可是一不小心就变成了比钱。所以不必展示的永远该是个谜语，隐约的蛛丝马迹就只能由别人去猜测了。

她通常在黎明破晓前和夜深人静时开飞车，平时总是让道，决不会在黄灯闪耀时加速过十字路口。别人说，小妖啊，你的车技没有长进呢。她歪着脑袋说出的至理名言很有趣"我小妖开不好车有什么关系？难道你会在意张爱玲唱歌跑调？"

其实，她不喜欢驾车，从来没有认为驾车上路风驰电掣是种快乐享受。新跑车，是她送给自己生日的一个新玩具，是送给别人看自己的一个展翅飞扬的图腾。

最近小妖又要远行，她为自己制定了路线，打算独自驾车前往，她没有告诉任何人目的地，只在日记里写下"要带上回忆的缺口、诺言的甜蜜、失望的伤痕以及未来的温暖"。

因为那天，她把车停在车流人海的街口，突然迷失方向，好像面对繁华沙漠异常恐慌：为什么大家都在争分夺秒、苦心经营，对于未来还有恐慌？为什么大家行色匆匆，神情疲惫仍不敢停下脚步，可是轨迹依旧难以改变？

因为时间不够长，所以人们对于很多事情来不及厌倦。小妖不相信永远，她心中的永远就是现在，所以她不在乎离开都市霓虹幻化出来的海市蜃楼，她要及时颠覆、出发。

何止十诫

何止十诫？想入非非信手涂鸦而已。

相聚不如怀念。

宁愿在有空调的汽车里，怀念坐在单车后座环拥他的快乐时光。爱情，经不起考验，包括单车上的日晒雨淋。白马王子不如宝马王子。宝马王子只是：假王子沾了真宝马的光。

租赁法则。

某男向某女求婚征询意见：我们先租房子住，结了婚攒了钱再买房子吧？女微笑作答：那我还不如先租丈夫呢。租赁时代，货品齐全，我们是债多不愁，不怕成为千万"负"翁的。

每年生日。

生日是一个舞台，一次考验，一个机会。恋爱时，男人更会利用这一点；结婚后，女人更会利用这一点。每年生日是一个女人囤积粮食的好时机。

情感免疫。

他是所谓的"外面彩旗飘飘，家里红旗不倒"的贯彻榜样。常用的招数是给老婆买礼物。知情者私下里议论：那些礼物像止痛贴。从来就不能真正根治两个人之间的矛盾，它让女人暂时忘记痛苦。久而久之，病痛给耽误了，就成了绝症。于是，人们可怜那女人，嘲笑那女人。

她却是漫不经心：我们的婚姻，没有矛盾，只是一个交代，何必太当真？大家都是逢场作戏。

是男人，高估了自己，以为他值得别人为他死去活来。他的女人在很年轻的时候已经让爱决堤。从那次以后，她就有了情感免疫。

阴柔气质。

男人的阴柔气质，是一种武器，总能击中女人心中最柔软的部分。

相隔半米的距离看他，第一眼：高、瘦、黑、面色颓暗，少笑容，给人懒懒的钝钝的印象，像是很多心事，却又似茫然无所思。他是焦点，站在中央位置，也笑，却分明是空空的一个人。

男人的阴柔气质的确是一种武器，总能击中别的很多女人心中最柔软的部分。

所以聪明的女子不太会嫁一个让自己爱得死去活来的男人。

婚姻是一把伞。

有了它，风雨烈日时自然舒适无比，但更多平平淡淡的天气里，多了一把伞难免是累赘。好男好女，都记得为自己备一把结实的伞。

咬文嚼字。

女人问："你爱我吗？"男人答："我喜欢你！"

男人问："你为什么不接受我？"女人答："你能找到比我更好的。"

男女都喜欢用近义词，不过是香蕉外面多加了一层皮，或者棉花里面藏着一根针。何必咬文嚼字。

红颜知己。

据说，男人的有些秘密只告诉他的红颜知己。听来很感人。但是，请不要让我做你的红颜知己。那是垃圾桶的另一个称呼而已。你的那些琐事烦恼人际纠缠理想抱负……我懒得听。那么倘若有幸成为他妻子以后，他基本上会惜字如金地和你说话。

Lian · Ai

我爱读书。

如今的书出得够多,你得让别人知道你会读博尔赫斯、马尔克斯,会不经意地提起昆德拉、塞林格、卡尔维诺、卡夫卡,而且要在不同场合表示对他们的书的喜爱,就像二十世纪八十年代跟女孩约会时一定要谈弗洛伊德和萨特一样。可惜,八十年代约会的人已经有了犹如嚼了20分钟的口香糖婚姻。他向可以成为他女儿的女孩开出了让所有人包括他自己都不会读的书单,自己才翻了一页就把书盖在了脑袋上鼾声如雷。你可别做他提神醒脑的新品口香糖。

版本。

说起读书,联想起书的版本。每个人都有两个版本:精装本和平装本,标价不同,完全出于包装。前者是在职场、社交场合给别人看的,让人"后悔当初没下手";后者是在家里出现的,难免叫人"就像左手握右手"。有首老歌叫《读你》;爱读怎样的你?

天长地久。

解决不了的事情,不如永远不点破,最高境界是大家糊涂一辈子;像被人们传颂的姻缘佳话一样,谁知道,这个天长地久是你们"忍"出来的。

随便写写就超过了十诫。下回我来写男女相处军规100条,绰绰有余。

美女配备

关于美女的配备，五花八门。当然也包括了一个好男人。许多美女之间的较量，是和自己无关的。他们比较的是：男朋友送的钻戒的成色、追求者送的时装的牌子或者是老公买的房子的大小。

且听听"新人类美女"宣言：把60岁的思想搞乱，50岁的财产霸占，40岁的妻离子散，30岁的腰杆折断，20岁的统统滚蛋！

几千年过去了，女人还是通过征服男人来征服世界啊。真是让人倒吸一口凉气。可是，说这话的美女面不改色，继续侃侃而谈："对于爱情的话题，我已经没有灵感。但是我牢记迪拜的老国王说过，如果你发现了一个宝藏而没有去好好利用它，那么这是非常愚蠢的行为。"

当然，美女也分等级的。有些美女的宣言是在她沉默时就可以被读到的。沉默的宣言出自于资深美女。

虽说，天底下最恶毒的目光，是两个美女对视的目光。可是，"资深美女"不屑于那些所谓的"新人类美女"的。她蔑视她们花花绿绿的廉价车，明白自己的斤两。

和资深美女在一起，连身边的男人都显得暗淡。新人类美女也立刻没了声音。

好在，她内心的居高临下，表现出来的还算心平气和。对于男人的破绽，用一双火眼金睛可以明察秋毫，表情却总是温文尔雅。

她坚信自己的配备品位：香水是软的，书本是硬的，软硬兼施的女人，是有杀伤力的。她在男人大献殷情的时候，仍然清楚要努力赚钱。

这样的女人选择"双B男人"来配。"双B男人"，就是拥有BENZ和BMW的男人，通过名车这一图腾，来显示身价的档次和优越。身边的男人以及婚姻都只能算作一种配备，在必要时，还能彼此帮衬一把。至于男人和女人之间"歇斯底里、苦苦相逼、死去活来"的游戏，她不感兴趣，宁愿落得大气宽容的美名。

当然，她空下来时，正逢心情也不错，相亲的事也是可以为了喋喋不休的外婆做一做的。

据说，那个男士在赴约前也曾被自己的"死党"开导了一番："她如果漂亮，你就开'凌志430'送她回家；她如果难看，你就连出租车也不用叫了。"

不料，美女抢先神定气闲地开出一辆"保时捷"，问他："要我送你回家吗？"她不是忘了后援团的嘱咐"记得小鸟依人，让他送你回家"，而是觉得眼前的男人显然不是自己要配备的那一位。

男人立刻觉得她天真明媚的笑脸背后大约藏着很深的沧海桑田。资深美女赢惯了，当然不会输了这一局。

不过这男人也很"损"，在背地里说："这样的女人，像你人到中年之际在读的一张博士文凭，千辛万苦弄到手了，发现其实没什么大的用处！"

是啊，俗话说，好男配好女，一个"好"字，无非也是"合适"的意思了。没意思，看不中就算了呀。

二、红袖添乱

红粉杀手

　　拿到驾照以后，小腰立志：不做马路红粉杀手，要成为新一代的乱世佳人。于是，她的生活发生了翻天覆地的变化。

　　小腰像着魔一样说话不离车，满世界咨询人家自己该买什么车。她开始每天浏览汽车网页，分析自己该买什么车。上街的时候，眼睛不再盯着新装上市，更不会望天发呆，开始像个镭射头跟着车来车往，车尾要琢磨，车灯要寻思，还要顺便看一眼驾驶员形象是英明神武还是贼眉鼠眼。

　　专家说，普通四门轿车适合上班族，四驱越野车适合户外运动爱好者，旅行车适合多口之家，敞篷跑车适合爱酷的年轻人。小腰觉得自己的条件都合乎，巴不得都要。于是，梦见"宾利"和"保时捷"都只要几千块就搞定，"宝马745"的促销价刚好就是人民币745块，小腰给人家整

800，还甩甩手说"不用找了"，人家千恩万谢。

小腰开始冷静盘算：

我每天驾车时间是多少？日本车经济，欧洲车上品，难以两全其美啊。有人提醒她，你得首先搞清楚附近的加油站在哪里。

有什么人要搭车？跑车真的很酷，可是万一老爸老妈要一起外出怎么办？敞篷跑车也靓，但是在上海的大街上敞一圈，会不会"满面尘灰烟火色"？吉普车够惊艳，可会不会别人说"你刚从阿富汗回来"？

通过贷款购车合算吗？如果时间是三年到五年的话，实际支出要多出车价的20%呢。不贷款吧，新买的房子还要不要啦？我现在可是有名的"月光仙子"啊——每月把钱花光的仙子啊。呵呵。

汽车保险可不能忘了。理想的投保方案是：车辆损失险、 第三者责任险 、车上责任险、 挡风玻璃险、不计免赔责任险、全车盗抢险要考虑吗？那我的车开了几年要是啥事也没有，那岂不是便宜了保险公司？当然，小腰立即批判了自己这种小农经济思想。

颜色的问题呢？追求回头率的时候，要不要考虑一下警察叔叔的回头率？低调的颜色会不会在黑乎乎的地下三层停车库里找不到自己的车？

停车的问题呢？想起一个朋友买了新车，每一次停车完毕，掐指一算：十块钱的停车费已经用了三块！更何况，她对自己的倒车技术不信任，怕擦了车身，于是决定出五

二、红袖添乱

块钱，请自告奋勇的门卫倒车，不料，他还是把车碰了，并且理直气壮："五块钱是倒车费，又不是保险费。"早知道如此，还不如自己亲自动手呢。说不定，伤口还小点儿。

车位的问题呢？真后悔年初的时候一冲动买了新房子，一个地下车库的价钱可以买辆普桑了。

路盲问题也是个问题。东南西北勉强借助指南针弄明白，现在还要七拐八弯外加单行道，真是头大。

小腰想想，不免心慌：怎么都是问题？满大街的车是怎么开的？这本身还是一个问题。

为了庆祝小腰拿到中华人民共和国驾驶员本本，大家给她做了块无比醒目的牌子，让她放在实习牌子旁边，上写：红粉杀手！闪亮登场！！上帝保佑！！！

可是，小腰却180度大转弯，宣布：一切都是问题！我还是决定继续叫出租车。

大家郁闷。

她要上路

　　她要上路的难关还不仅仅是她的驾驶技术问题。美女一向碰到的问题是时间分配问题。

　　她过生日的时候就是她头疼的一天。一日三餐排满了都来不及对付为她庆祝生日的追求者。最后只能加了两次下午茶勉强搞定。

　　所以美女要上路的关键在于：她自己会开车了，那一打追求者们岂不是闲来无事？而她自己是否又能忍受寂寞？

　　美女犹如鲜花，招蜂引蝶才能显示魅力。招蜂引蝶的她虽然常常会嫌"蜜蜂蝴蝶们好烦"，但是眉宇间的优越感还是会流露的。

　　其实，拜倒在石榴裙下的人太多了，也实在不是件好事，算命老头怔怔望着她所说的"你有太多的偏桃花运"虽是很多相貌平平女孩子梦寐以求的，却是美女心中的痛，在美女妈妈看来，更像一个恶毒的诅咒：凭什么我的女儿都好，追求者也多，偏偏嫁不掉？

在事业上据说失败的原因有两种。一种是：找不到通往成功之门的钥匙；另一种是：手中拥有太多钥匙的人。因为，他的一生都在试，看哪把钥匙能打开那把锁。一旦令你成功的一把恰恰在最后，那么，你站在成功之巅想必感慨万千。青春已经流逝，健康不再回来，成功的代价很昂贵！

以此类推，美女迟迟嫁不掉也往往在于钥匙太多。当然，现代美女可以不在乎。时尚与美貌并存、聪明与智慧共有的美女大大的有。"圆一个独立的梦"也是美女要亲自驾车上路的原因之一。

毫无疑问，自告奋勇的陪练者很多。最后以某君在众多的"应征者"中脱颖而出，因为他不仅出人出力而且出车。美女把他的"广本"当试驾练练玩玩。

两个月后，本田也不算面目全非，也是伤痕累累。那些伤口虽然让此君暗地里心痛了好几天。但是，一想到那么多天来，每天陪着她朝九晚五，她的嫣然一笑也是一种莫大的安慰与弥补。而更令人振奋的是他想：由于本人真诚勇敢的决心和坚持不懈的恒心，眼前的美女应该就是自己的了。

然而，事与愿违。

有一天，美女忽然开出一辆奔驰，像从广告里走来。美女说，她选择银灰色是因为想低调一些，但是那份优越与自信瞬间将陪练的信心击得粉碎。

一个开奔驰的女孩怎么会嫁给一个开本田的男人？她不在乎他在乎。

美女的微笑没有改变，在他眼里却多了一丝嘲讽。他懂了美女的心思：等不到你开口，我就料到你必然自动撤退。而所有的付出我也会铭记在心，把你当成永远的"好朋友"。

好了，今天起美女终于要独自上路。

他还有见她的机会大概就是：等到哪一天，她的车在高架上不明原因发动不起来，或者在陡坡上熄火滑坡，可能会电话你，请你务必火速前来救援。

二、红袖添乱

单身军规

单身好不好？结了婚的人都说好。

两个人怕辜负，一个人怕孤独。孤独的时候一定提醒自己自怨自艾的时间少一点更少一点。如果你实在空余的时间太多，建议你可以逛房产市场、看豪宅别墅，然后努力赚钱。希望有一天你能在自己的浴缸里看窗外的山山水水，闻得到厨房里菲佣炖的大补汤。透明玻璃餐桌上有新鲜草莓和黄瓜，Expresso 的咖啡非亲手磨出坚决不喝。

怕人家说你太小资吗？优雅的生活人人向往，只可惜有闲有心有钱的人并不多。怕人家说你太物质吗？花自己的钱，让金钱做我的奴隶，难道我还不够潇洒与伟大？

怕青春流逝吗？对比人家的姐弟恋一对又一对还不是卿卿我我闹得周边地区风生水起。努力开心，认真恋爱，青春常在。万一失恋，除旧迎新，不要让脸色从玫瑰花变成苦菜花。

当然，我知道你太爱自己的工作了，所以最好别爱上你的老板，特别是已婚的老板。要知道，年龄越大，跟陌生人磨合的成本越高，变成第三者的几率越大。万一爱上了，多锻炼自己的心里承受力。被甩的时候不要想到自杀。

没有五位数的出场费，绝不参加什么非常男女之类的电视节目。那里的所谓单身"白骨精"——白领、骨干、精英很有可能是一对双胞胎的爸爸。走下舞台的瞬间就可以"再见亦是朋友"了，速配成功也就意味着分手解体速战速决。这时候就需要游戏精神了。

不要忘了抽空读读书和报纸，读花花绿绿时尚杂志的数量最好不要超过30%。一定要读，也要记得：时尚杂志上推荐的每季新款服饰是给影星歌星的。王菲穿了是时尚领袖，你穿了会沦落为时代魔头。

别试图教猪跳芭蕾，这样不但不会有成绩，还会惹猪生气恨你。

别跟笨蛋吵架，不然旁人会搞不清楚，到底你和他谁是笨蛋。

别和闺房密友谈秘密，否则你的密友会帮你找来一百个人替你保密。

钱包里一定要有钱，任何时候！别怕花自己的钱，正大光明。切记不轻易花男人的钱，天下没有免费的午餐，即使免了第一餐，后面的你也得连本带利加紧偿还。当然，也没必要让男人花你的钱，偶尔救急另当别论。

自己开车总的来说不错，胆大心细很是重要。车是你

二、红袖添乱

流动的家。你可以在堵车的时候化妆。你可以在车里放十付太阳眼镜和二十付耳环，在必要的紧急场合你永远比别人多一点创意哦。你可以和车用同一瓶香水。别吝惜几滴香水呀，因为人车恋的忠诚度一定比你历届男友高得多。至少，车不会自己跑掉。男朋友却会。当然，车和人都会被偷掉。问题在于：车被偷了，还有保险公司埋单呢，着急什么！男朋友跑掉了你找谁埋单？

你若觉得讨厌执行这样的单身军规，就得签下一纸婚约。想必你在职场风风雨雨，也该学会了签合同，而最具有挑战意味的合同就是婚约了。有的签还得签。签字以前睁大眼睛细细看条约，没等签就请坦然地将本文从第一行开始再读一遍。

职场歪门

"歪门邪道"有时可是独门暗器。纵然你武功盖世也别小瞧了那单单几招。职场犹如战场，它的触须还涉及名利场、风月场和娱乐场，所以，有些"歪门"能为你打开人家的大门呢：

你可以透支信用卡，但是不要透支健康。

别相信老板在招聘的时候大叫的"以人为本"，在员工离开的时候，他基本上就做成了"以钱为本"。

不要轻易地为自己获得的蝇头小利而窃喜，因为墙那边有人在开怀大笑呢。

办公室里的很多时间的确和工作无关——你懂得这个道理的话，就不会怨天尤人，也不会忿忿不平。

办公室里最不能缺的工具是"糨糊"。糨糊，是个好东西，善于"捣糨糊"的人，可将它用来做润滑剂或者黏合剂，当然必要时它又会变成聪明人的杀虫剂。

鼓励和赞扬的效果总是比打击批评好得多。如果，一定要说批评的话，请在当面说，最好当他一个人面说。

同样，在背后说人家的好话也比当面说往往更真心更高尚。

有些废话还得说，神话是谎话的另一个说法。当然，神话和谎话的本质也不过是废话。滔滔不绝的人说出来的往往就是废话。

尽量说真话，实在不能说真话的时候就保持沉默。如果，你在人群中连保持沉默的权利也被剥夺了，那么你没有掌握好糨糊这个工具。

倘若你的老板在开会的时候，底下永远都是鸦雀无声的。你还是趁早考虑写辞职报告吧。因为那不是策划班子在开会，那是低能班学生在上课。

倘若有人对你拍着胸脯保证说"那单生意太好赚钱了，而且赚大钱"，请一定把话反过来听，或者当成耳边风。

倘若你在得意时不可一世，那么你在失意时人家落井下石，就是活该。

倘若你在得意时平易助人，可你在失意时人家仍然落井下石，那么你要想得开。这世上，锦上添花的人永远比雪中送炭的人多。

倘若你感觉每天在走进公司的刹那就心烦气燥，极度疲惫，你十有八九得了"白骨精综合征"。请你这位都市的白领、骨干、精英不要错把压力当成动力。压力——把人从上往下压；动力——把人从后往前推。两者风马牛不相及。

倘若你做不到同流合污，那么至少要同流不合污。

你可以不看我写的职场歪门，但是你得有自己的职场邪道。

如果你对我的职场歪门大加赞赏，我愿意再奉献出"新三草定律"：

好马不吃回头草——大可不必死要面子活受罪。如果草实在好，还是值得回头吃。总比前路漫漫荒草漫漫最终弹尽粮绝饿死好。

兔子不吃窝边草——我们总是熟视无睹舍近求远。总以为前面还有更好的等你，不料那梦中的奇花异草，却是香花毒草。

天涯何处无芳草——理想远大并不等于提倡痴人说梦。芳草遍地，不是你的，等于没有。

新三草定律，同样也适用于情场。

最得意的人生是情场职场两得意。问题是，昨天看到一位企业家在报上谈苦衷与经验，他笑着说，娶了个称心的老婆，恭喜你家庭幸福美满，娶了个不称心的老婆，恭喜你成了企业家。看来，人生没有两全其美。我们又何必奢求十全十美！

二、红袖添乱

NEET 当红

我们要像 NEET 一样堕落，像 NEET 一样自由，像 NEET 一样疯狂。

NEET 是什么？NEET 是什么也不做，是闲着。更准确地说是：我闲着，所以我想做什么就做什么，全凭我高兴。所以 NEET 很霸气。他们的低调就是腔调。

的确，NEET 一族的生活方式就是一种让你做梦都可以笑出声来的方式。这个新鲜单词的本来面目是：Not in Employment, Education or Training。他们不是失业者，也不是自由职业者。失业，是被动地失去工作，听上去可怜巴巴，落魄得很，而他们是主动选择不工作，优越而闲散，同时又和社会保持千丝万缕的联系。

我所认识的一个女子，看起来没有工作，以无所事事全面当道，却很有意思地学会了跳肚皮舞，考取了心理咨询师的执照，听说还要去非洲学催眠术，她甚至走上 T 型舞台，金质手镯重装上阵，用恰到好处的肢体语言演绎太空的魔幻和尘世的浮华。

每周日她还去教堂做义工，那情形叫我想起晚年的爱因斯坦教邻居小女孩四则运算，他只是为了得到她的甜美糖果做奖赏。

注意：她是我认识的一个女子，一个有一点风霜有很多风情的成熟女子，而不是一个青涩局促的青春小妞。青春小妞们可以去模仿小资，却无法和 NEET 沾边。

谁有资格 NEET？谁可以不动声色地选择没有功利的拥有？谁可以任凭自己突发奇想的行动都是为了让内心胡乱生长的快乐得到满足？

如果你敢把家里什么都卖了，买艘游艇去海上呆一年。至少，你在心里气势上已经具备了 NEET 精神。

如果你已经积累了商业经验和关系，可以把经验变成资本，并拥有好的人才帮你完成资本复制，你在家里闲着也可以有钱，你在外面疯着，也有人帮你数钱，那么你在经济实力上具备 NEET 实力了。

当然，如果你没有积累，没有18岁创业、35岁退休的可能，那么你得有较大数目的遗产。否则你将会坐吃山空凄惨终结人生。

最后的问题就是：如何谋杀时间？

以前，你和同事交流的时间远远多于家人；你是空中飞人，和空姐见面的机会比女友多；你是个客人，你家保姆比你更多享受你的别墅，也更清楚你家任何东西的位置。

二、红袖添乱

　　大部分的我们已经有了惯性和加速度。曾经那么挥霍自己的健康和才情不断地在全方位为自己做加法，而做NEET一族后，就要在剩下的时光里学会做生命的减法了。

　　如果，你从心底里觉得一切是负累，拿得起也放得下。

　　也有人大叫"反对"，他说，难道真的如你所说：只有实力才能满足低调的奢侈，爱好能支撑漫长的时光吗？！

　　他可以去北欧做NEET，政府救济金数目充沛发放及时，他可以整日熬夜喝酒上网，他甚至说地址也选好了，在冰岛首都雷克雅未克101邮编地区。

　　我提醒他，喂，醒醒老兄，等你先和老板解除卖身合约或者赔足毁约的钱吧。还有你家那条叫"黑木耳"的小狗都因为你通宵加班连轴转快饿死啦。

何必精英

古有名训：大丈夫不可一日无权，小丈夫不可一日无钱。

其实，不管你走的是大丈夫路线还是小丈夫路线，走到后来，就会感觉不是自己在走，而是什么在推，在鞭打。再后来，推力和鞭打都不需要了，你已经惯性地停不下来。

直到有一天，你开始发现自己的全身都是病，但是又查不出什么病。最常见的最轻微的是失眠头痛或者气急心慌，或者恐怖症、焦虑症、强迫症、抑郁症都来了。而要命的是你自己还不知道，只是阵发性地难以控制自己的行为，比如，莫名发火，忽然开快车，想打架，渴望倒车撞人，拼命吃某种食物。结果你自己，连同身边的亲人也随你一起身心疲惫，面容憔悴。而朋友，对你也只能不堪忍受扬长而去。你更孤独，更偏激地认为自己是"高处不胜寒"……恶性循环没完没了地纠缠你了。

这就是精英症状。是精英人士才有资格患的病。

如果你认为自己是无所不能腾不出时间休息放松，结果就只能腾出时间生病。如果你认为自己能量充足永远不知疲倦，那么连续的应激状态之下，超人也会变废人。如果你认为自己的名誉声望高于一切，所以永不认输，那么耗尽自己的唯一选择就是言败退出。没有人可以永远保持一种最好的姿态。不愿放弃，不肯降低标准，在压力中麻木，在痛苦中发疯。

是精英的桂冠伤害了你。是精英的生活伤害了你。它像一个陷阱，可喜的是得到社会公认，可悲的是公认的依据绝大部分是物质 高于别人的消费，与你的精英身份配套的娱乐健身等，更好的车与房，与房子配套的装饰，……这是一个无底洞。

难怪，美国《财富》杂志阐述现代社会对人类的伤害时说："最后的禁忌，不是性，不是酗酒，不是毒品，而是职业压力。"

我的一个精英朋友曾经发生的症状就是：视线模糊，走十几级楼梯就气喘出虚汗，浑身没有一个地方是不痛不酸的，一年内做了三次全身检查都没有病，结果不得不去做冠脉造影。那是种非常难受的检查，从大腿部切开，沿静脉将探头伸入心脏。结果还是没有任何机体性的病变。后来他无法工作甚至无法正常生活，不得不辞职。

他正是应验了一位心理医生的话：一种角色可以推掉所有的角色，那就是病人。

现在我的这位精英朋友已经康复，花了两年时间治疗休养，耗资 20 万。他现在的生活方式是阶段"精英"，阶段"NEET"。他昨天约我打网球，蹦出一句至理名言：

别提"精英"了，一提"精英"就犯晕。一事无成是小，一命呜呼是大。嘻嘻，何必"精英"！

快乐的子弹

他终于让她成了自己的女友。他夸耀他的进攻与胜利，她夸耀她的退避和无辜。可是，她忘了，对方的进攻，往往是自己惹出来的，对方的大获全胜，也是由于自己的顺水推舟。

他们的游戏像西班牙的探戈，奢华、有情调、有激情，如张爱玲所说的"永远是循规蹈矩的拉长了的进攻回避，半推半就，一放一收的拉锯战，有礼貌的淫荡"。

她喜欢坏一点的男人，但是一旦和他结婚，又拿自己当作是神速感化院，要求自己的丈夫立刻变成一个好男人甚至是圣人。因为，对于大多数女人来说，"爱"的意思就是"被爱"。

而且，她头脑清晰，没有被爱情冲昏头脑。因为他坚持等他向自己求婚，他没有想好于是装糊涂，她就想方设法让他向自己求婚。这样，日后吵架的时候，就能占尽优势，可以声泪俱下地"后悔"当初为什么允许他的要求答应嫁给他，还要说被自己甩掉的某某才是个完美的男人。希望他还不会笨到听不懂话里真正的意思：我恰恰是为了你这样一个实在不怎么样的男人才放弃了那个完美的男人，你总要欠我一辈子了吧？

可惜，这个不怎么样的男人就是不领情，迟迟不下决心打算娶她为妻，直到他发现她被顶头上司狂热追求。买好钻戒的时候，也正好接到她最后的通牒，她和老板的孩子就要出世。

一想到被爱情辜负的痛苦，他也只能低下头服输。好在没有变得痴呆，警告自己彻夜谈判、割腕自杀都不是办法。她对你已经不在乎，你又何必让自己吃苦？关键在于不能重复错误，也没有必要实施报复。

他想着要脱胎换骨，首先得从心底轻蔑她的漂亮。她的漂亮像内湖：遥远、隔绝、湖光山色的外表下是垃圾焚化炉，而且天天整形，四处大兴土木。如果你不幸每天和她同乘一部电梯，立刻会感受袭人香水味道，后悔没带防毒面具。只是自己当初受害太久，有了免疫能力。

然后，他开始检讨自己：谁让你长得不够酷又不会穿衣服，不仅没有读够书还没有实力以车代步。再加上连菜也不会煮，懒得写情书，面对她还不会花言巧语下赌注。

最后他高尚地决定：带着自责遗憾为他们两个人祝福。

她和她老板的孩子办满月酒的那天，他就遇见了现在的妻。这个走在人群中可以一下子被湮没的女人一下成了他残破生活的补丁，大概也算是救命稻草的一种。这时候，他好像已经看穿一切：谁和谁之间的那一点爱，别的不够，结婚够了。

结果，就变成了现在这样：结婚纪念日的晚餐，一桌好菜才吃了半个小时你就望着她心猿意马。他发现她涂脂抹粉的做作，忘了自己的皮肤过早地松懈。孩子在旁边叫他爸爸，他心里想的却是晚上要不要给琳达送花。这也算是世间的残酷，说穿了让人心灰意冷。心里明明知道，一分钟的过瘾不能换来一辈子的温馨，但是，算起来，抵制一个诱惑还是要比圆谎和道歉容易得多。

老友聚会上大家问他"过得怎么样"，他的笑里有点故弄玄虚："好啊，真好，我有颗快乐的子弹。"可是快乐的射程有多远？没有伤害也没有期待的未来有什么打算？

二、红袖添乱

伪单身女子

既然是"伪"单身女子，显然她在各类登记表格上婚姻状况一栏该写的是"已婚"。她不会欺骗组织，对重婚也没有兴趣。

伪单身女子的某些主要特征是什么：

办公室里不曾听见她煲电话粥，加班的时候和大家一起睡办公室精力充沛，下班时一个人开车回家，不戴婚戒，不提小孩。参加派对舞会短裙性感眼神妩媚，开口聊聊公事，闭口不谈家事，偶尔分享心事。她好像和大家具有同等能力，但是细细研究总结你才发现老板总对她的高等EQ青睐有加。

为什么要伪装成单身？这个必要吗？难道女子也要骗色？

伪单身女子的回答理直气壮、从容优雅：

我又没有说谎，只是隐瞒。能叫"骗"吗？你没有认真问我婚姻状态，我又为何主动坦白。你又不来追我要我嫁给你，我又何必自做多情断绝后路。再说啦，凭我的魅力，如果只是为"色"，也根本不需要"骗"。我心中自有分寸，婚姻的确给各种危险的幻想以柔软的约束，但是，绝对不代表一潭死水的单调与隔绝。

单身，是这一季的职场流行保护色。你懂不懂啦？

要知道，已婚女子只能低调做事，单身女子可以高调做人。已婚女子像灭绝师太，单身女子犹如无邪小妖。

已婚女子处处犯忌，撒娇说你做作装天真，坚忍说你世故有心计。单身女子青春无敌，犯错说你经验不足，犯傻说你纯洁有余。你的细腻周到被人理解为婆婆妈妈，你的豪爽洒脱被人说成不修边幅。

更糟糕的是同事见到你的老公以后。如果你比他强，人家会说，你嫁给他，好比让姚明去做大门保安，让章子怡去当收银员。这不是资源的有效配置。如果他比你强，人家会说，怪不得你拈轻怕重逃避加班，原来有了座靠山。

不论你有多好，已婚的你是皇后，对你好一点怕被说成侵犯，婚外情的新版本就此沸沸扬扬。最不合算的是长相欠缺的"皇后"，动不动就让人联想洗衣烧饭婆媳吵架的强悍形象，没有把你和白雪公主里的恶毒皇后连在一块儿就上上大吉了。

单身的你是公主，只要长相不要太自然灾害，遇到麻烦总是有人愿意伸出他的手为你排忧解难。对于突发事件要能上演英雄救美也是一段佳话永流传，说不定还能赢取芳心抱得美人归。

总之，人言可畏，人心叵测。当你名花有主，你的体力、才力和魅力不再是大家的，你算是给自己的美貌落实了政策，看起来稳定安逸，危机四伏还无处诉说。所以，就算不能将单身伪装到底，也要尽量延长伪装寿命。聪明的女人在外面是鸡尾酒，让人醉倒的后劲十足，在家里是大麦茶，让你用平常心温馨佐餐。

通常来讲，男人的优势是已婚，女人的优势是单身。所以，我想，大概伪单身女子，也算是弱势群体从自我保护到优雅反抗的启蒙运动吧。哈哈……

三、流　言

流言，就是犹如在水上写字，在空中说话。

流言，流过茫茫人海，最终了无痕迹。

像一首歌里唱的：要不是眉头堆积尘埃，我怎么知道你曾经等待……

如果已经海啸，那么让毁灭早点来临。爱就爱了吧。人世间给予我们的就那么吝啬。只要妥协一次，我们就会变得软弱。然后，那种软弱就成了惯性。

情 雪

　　每年的最后一天，是我们的纪念日。一定要见面，哪怕只见一秒钟。这一面，也许没有任何实际意义，可是这是我们的约定，是隆重而短暂的仪式。

　　去年的最后一天，你说你一定要等到我。大雪漫山遍野地铺盖下来，悄无声息，整个世界突然间充满了冰气。从里到外的寒冷，让我们对眼前的一切充满了恐惧。我从来没有在这样的气候里开过车。可是我得朝你的方向来。

　　许多车都是顶着雪在慢慢往前挪。我想我的车是其中一部。路边的行人步履蹒跚。我能想象此刻走路的艰难。

　　你就在这条路上，在那个转弯口的咖啡馆里。又是红灯亮起。警察冲着我示意禁止穿越。

　　可是，我没有时间了。你的短信流露无限失望：我从来没有这样傻地等过一个人。可是你终于没有来。撒满阳光的那个早上不复存在了吗？

　　难道我只能掉头？在离开你还有50米的路口。

　　难道要我留下后悔：我们只是被各自的宿命局限着，

茫然地生活，苦乐自知。繁华似锦的地方，有两只伤感的蝴蝶飞过。

红灯绿灯已经不起作用。由于突如其来的风雪，十字路口的车流一片混乱。就算我想闯红灯都不可能实现，因为车与车之间几乎是首尾相连。每个人都焦躁不安、争先恐后。

这时候，你的第二个短信来到：你大概真的不会来了。我只是想让你知道，我曾真心真意地等过。可惜，我只有五分钟了。我的手机也快没有电了。

我想，警察很清楚地看到我打开车门走了出来。他只是不清楚我为什么走出来。我没有选择，我只有将车就地停下，听凭事后发落。而现在，我唯一想做的是：

必须在你离开之前见到你。否则，我们将相隔万里整整一年无法见面。昨夜，你送我的歌我已听到：

没什么可给你，只有这首歌。只求凭我爱火，活在你心中。分开也共同度过……

今年的最后一天。为什么又是宿命的大雪？点燃烟。窗玻璃上的雪还没有融化，又起雾了。突然觉得苍凉和寂寞。

你在路上。你要我一定等到你，哪怕这次是你弃车奔跑。

你在电话里焦躁不安："给我些鼓励好吗？你别走。"

不！我从来不鼓励你。当年，你说爱上我了。我也是漠然。只说，如果，你的心仅仅是潮湿，晒晒太阳就过去了。如果已经涨潮，那么等待退潮。

可是，还有一句话我留在了心里：如果已经海啸，那么让毁灭早点来临。爱就爱了吧。人世间给予我们的就那么吝啬。只要妥协一次，我们就会变得软弱。然后，那种软弱就成了惯性。

《滚滚红尘》里的女子，贫穷落魄，仍然气质如兰。她没有得到好好的照顾，却快乐而天真。她会若无其事地摘下戒指当作小费，也会将桌布创意成披肩，包裹着沧桑，流露着风情去赴约。她用大情大礼给予她深爱的男人最初也是最深的疼惜。我只是想在红颜老去之前别错过你的爱情。

才四点。天色已经暗淡。阴冷。风雨飘摇犹如世界末日的来临。我在街口，哪怕把自己站成雪人，我都坚持不走——在我的极限时间里。

你开了几个小时的车，却只在车里见了一面。十分钟。我的极限时间到了。我们总是有别的牵扯。

你的眼睛里充满了温和与疼惜。我说我要走了。从反光镜里我见到你站在雪里，依依不舍地注视我的方向。雨和雪瞬间交融在一起顺着围巾滑下来。那条围巾是我送的。很好的牌子，细致柔软。因为你整个冬天都戴着，已经沾染了你的味道，那淡淡的雪茄味道，我感情的线索……

转弯的刹那，我见到你微微驼的背。你曾经有多么挺拔的背影和矫健的步伐，可是岁月裹挟着风霜和疲惫在侵袭你。忽然，我的眼泪流下来。

三、流言

143

因缘的开始和结束都是天意，我们的爱与痛都注定一分为二。

让玫瑰回忆爱情，让手表回忆流年，让围巾回忆温暖，让大雪回忆等待……我们彼此真心真意地等过。无奈地交错或者感动地相拥，都是好时光，无怨无悔。

我长情于你，也长信于你。就算我们的余生也就像张爱玲的小说里爱用的一个词，是一个手势，灿烂地滑过去，就滑过去了。

爱过，永远不会结束……

明年的最后一天……

我想好了，一大早就出发。没有风雪的早晨，天空晴朗明净。我将预约早春满山的烂漫野花和新鲜的青草来亲吻你。

虽然，我的神情，别人看不出忧伤还是喜悦的。那种静水流深的平静也是我自己常有的独处的表情。

我选择跑步来见你，让每一步踩下去都是一个响亮的吻。因为我知道，顺着这条路走下去，我就拥有放心的睡和安心的醉。

还有多少个每年以及每年的最后一天？

我们无法预测。但是，如果能够一起等到眉头积雪的最后一天，我还是会想起那些最后一天的等待。我仍喜欢我们浓烈地活着爱着，哪怕在冰天雪地里。

十　年

　　十年前。我觉得自己是一块冰凉的玻璃，反射着每一种光，包括阳光和各色的眼光。

　　但是，你对我说的话，我听进去了。你说："你像是一种会杀人的植物，表面上看来安全、柔蔓，但是当有人接近你，你会喷射毒液，让人死得措手不及！"

　　我看见你的脸上浮起似笑非笑的表情。我好像从镜子里看到自己惯有的表情。

　　我和你，一样直接明了，却漫不经心，甚至不动声色。

　　十年后。我一如既往地在机场的大厅等你，看窗外每一张忽明忽暗的脸从街灯下过去，好像都是鬼魅的面具，隐藏着残缺的灵魂在寻欢作乐。

　　忽然觉得内心的惘然已经消失殆尽。虽然，我们之间，仍然找不到任何坚实可靠的东西。

　　那年圣诞节的初相遇，那无数个在公路上、在天上来来去去的夜晚……居然维系了彼此的整整十年时光。

　　最初那些疯狂与痴缠的爱情体验，像一把坚硬的刀，插在我心上。我总是说，不想一个人疼痛和寂寞。所以我要你和我一起流血……

果然，渐渐地，那些体验里，多了血液的温度。我们用了十年的光阴，换走了青春、肆意、愤怒，只多了血液的温度！你说，血脉相连比浓情蜜意更踏实。

曾经，我从一个怀抱流浪到另一个怀抱，只是想比较哪一个怀抱更加温暖一些。可惜，那些怀抱最终都没有成为我的家。我想到了肌肤的温度和眼泪的酸楚。

你说，如果这个男人不爱你，眼睛里就只有欲望。爱你，眼睛里应该还有疼惜。所以，你要学会看男人的眼睛。

我是个聪明的女子，看得出你对我的沉迷，所以越发表现出来不屑。我在你的眼里，没有背景，没有名誉，在冰凉而明亮的星光下，原始而简单，像一头桀骜不驯的小鹿。而那种轻飘飘的不屑，也不知道在哪一天变得和血液一样黏稠。

今夜，机场大厅里已经人影稀疏，可是我知道你一定会来。我们对彼此的等待已经够长，所以早已经学会让等待变得心平气和。

在十年前我遇到你的前一天晚上，我就梦见一个男人在对岸望着我。他穿了一件白衬衫。我觉得他应该有一张我非常熟悉的脸，有我抚摸过的轮廓和线条，可我却无从回忆。

空气中有潮湿的雾气和模糊的花香。他看着我，满怀柔情与惆怅。我的心里充满了孤独的感觉，希望他牵我的手，然后将我紧紧拥在怀里，让我听见他的心跳，感觉到他胸膛的温度。但是水面很宽，而且波涛汹涌，没有渡船……

我向他惶恐不安地伸出手，时间与灵魂都如风，从指间无声地飘逝而过。

第二天，我遇见了你。你来实现我的那个梦。

十年……时光没有止境地轮回。生命在里面飘零。能让我惊异的风景越来越少，最深爱的时刻，原来也不过是心如止水。

两 极

春天的味道，总是暧昧和疏离。微凉的夜晚，植物的芬芳以及春雨绵绵里的散步……都是短暂的拥有，但终于是拥有过。

春天的味道，令人沉醉和伤感。那么充满美丽却又稍纵即逝——像爱情。我们的爱情。所有男女的爱情。爱情，总是在很短的时间里跟随一对男女。后来的日子，只是日子。

法国小提琴大师STEPHANE GRAPPELLI和颤音琴名家GARY BURTON，在巴黎的秋天里，合奏出春天的旋律。这是我听过的最春天的旋律，充满惆怅与明媚的缠绵交融。他们整整相差35岁，在1969年，相遇。于是，BURTON的前卫被GRAPPELLI消解在绕指的柔情中，而GRAPPELLI的浪漫华丽中又注入了BURTON的天真肆意。我爱上了他们的《PARIS ENCOUNTER》。

我带着我的唱片《PARIS ENCOUNTER》去西亚。我在不同的地方，都能吃当地的食物穿当地的衣服。我希望被这个世界上任何一块土地像对待自己孩子一样地拥在怀中。

夜晚，我像一个极其普通的西亚女子，从蒙着的面纱里看风光旖旎的世界。但是，我更希望有你来陪伴我左右写下你我一起的双城故事：

我们有时候下围棋，有时候只是在玩五子棋。我们长时间地不说话，喝茶，吸烟，用食指和中指夹起白色的黑色的棋子移动。陪伴我们的是温柔的风，还有镶嵌宝石的或是骆驼骨雕刻的烟枪。

我们和所有的当地人一样，用的是阿拉伯的烟壶，有厚玻璃的底座。湖蓝的、碧绿的、透明如白水晶的、刻着素雅的花纹的……吸一口，里面的水就活泼地舞蹈起来。

我想这样住下去，我也许将学会三件阿拉伯乐器：乌德琴（Oud），奈伊（Ney），坦布尔（Tanbur）。很有意思的学艺生涯啊。

而这一切，仅仅是臆想。事实是：此刻，我一个人，穿着拖鞋，带着中国茶，在这里。大风，像某种动物的哀号。我和不远处的陌生人在黑暗里对峙着。没有痛苦，没有仇恨，没有友好，没有快乐，因为无法沟通，所以就这样对峙着。他在墙角边抽烟。

像那个四月，在地下车库里，我们都想说什么，又都欲言又止，最终各自开车逃离。当车速从130码降到60码的时候，我听到了午夜的电台里在播着一首歌："你听寂寞在歌唱，轻轻地，狠狠地，歌声是这么残忍，让人忍不住泪流成河……"

我，能给你的爱一直很安静，所以人们也只能听到寂寞在歌唱。你一走，孤独又开始慢慢地割着什么。我用手指不停地画右手的手背，直到指甲印深到皮肤渗出血迹，像布满无数眼睛的一张脸，漠视自己的行为。手背火辣辣的疼痛终于可以抵盖心里的疼痛。

忽然想到了伦勃朗和他的妻子。伦勃朗的妻子知道自己的生命正在枯萎，她的心里对着爱人喊"你就像一条湍急的河流经过我的身边"，但是她最终没有喊出声来，每天呆在丈夫的身边默默无语，欣赏他专注作画的样子。有一天，当伦勃朗就《夜警》中一个队长的围巾颜色征求妻子意见的时候，发现她已经永远消逝在画室的另一边。她的后半生，给予他的全是安静的爱。

而克劳黛尔和罗丹却不一样。克劳黛尔离开了罗丹以后，将自己大部分的杰作砸碎，终老进了精神病院，而罗丹也是在晚年的时候依然久久地站在克劳黛尔的雕像前抚摸冰冷的金属老泪纵横。两个狂热的艺术魔鬼早已经将灵魂合二为一，残忍地分开，结局就是毁灭。

爱，就是两极的体验。天堂，或者地狱。可是，那么多人都去了哪里相爱？他们居然不在天堂也不在地狱。

彼岸花

依依不舍爱过的人，往往有缘没分。

她和他，像两只漂流瓶，在茫茫大海中奇迹般地相遇了。轻轻地撞了一下，又被海浪推开，无从寻觅。而那细微的声音却也是惊心动魄。

关于那年文莱之旅的回忆，她感觉好像一个外科医生为自己动手术，不能上麻药，所以痛并清醒着。

那年7月。他们逃去了文莱。在陌生的地方应验着一句话：爱得正好，管身后波浪滔天！

这里，多的是时间和阳光。这里，让人没有办法有任何欲望，因为没有烟酒，不能购物，那些习以为常的呼啸的速度与效率统统消失得没有踪影。她最喜欢的是穿了当地人的小热裤去海边捉螃蟹玩海星。他最喜欢的是吃海鲜、晒太阳。

他们拥抱着彼此取笑：这里最好玩的是什么也没得玩。

少女时代，她一直渴望有一场生离死别能考验他和她的感情。可是，他给予她的是一成不变的平淡。她不是一个很好爱的女子。但是，他是足够广袤的土壤，滋养物质的她，收容情感的她。从成长到成熟，从忘情到忘忧……

于是，在那次经历之后，她有了情感免疫。她才明白：

最爱的感觉，是面对死亡的刹那间从心底喷涌而出的。

最爱的感觉，永远只有一次，只对一个人。

最爱的感觉，留在了文莱，这个原本对她来说无所事事的消遣的地方。

那晚，他们住在帝国酒店。她说想到海边走走。他说他累了，先回房间等她。他捏捏她的脸，他们在长廊分开。他说，只给你一个小时哦。这是他们生活中再普通不过的场景。

她还记得，帝国酒店的夜景很美。有些楼层的特色小店虽然价格昂贵，却都是她心仪的东西。她一个人优哉游哉闲逛。孔雀石的名片盒、可可树木的烟缸、印度细麻的睡衣、泰国香薰的餐垫……都是她的钟爱。最后，她看中了一个小闹钟，红色的分针、绿色的时针，两个木头小人站在顶上，手牵手，一副相爱陶醉的模样。要不是买那个木头小闹钟校对时间，她根本已经忘了时间。

当她奔跑着回到房间。却发现他神色疲惫、眼神里满是惊慌和生气。他说他找不到她，打她手机也不回。他说，他有种要失去你的感觉。她笑他太神经过敏，她又不是小孩……

他不再说话，拉着她的手沉沉睡去。

她想她是宠爱他的。没有他以前，她觉得她的爱情没有诺言，她的温暖没有根基，她的欢喜没有安稳。但是面对他，她觉得他们像是被关在一个孤岛上。除了对方，就是自己。她们的关系更多的时候没有爱恨情欲，却如呼吸一样直接自然，像血液流动一样黏稠缠绵。

他的脑袋伏在她的怀里，压得她手臂发麻，她却不舍得动醒他。迷迷糊糊中，听到他的低语，他说"我热，喘不过气来……"

他果然浑身湿透。她赶紧为他量体温。居然看到温度直线上升，一分钟就达到了42度。她以为体温表坏了。可是，可怕的是这是事实。他开始昏迷。突然发生，毫无征兆。

酒店的驾驶员双眉紧锁，一言不发地开车。他们的车在漆黑的高速公路上疾驰了四十分钟。到达了最近的一个所谓的公立医院。在那里，她见识了文莱公立医院的医疗水平。

急诊的医生每一个都是像刚刚睡醒了一样。她已经紧张得语无伦次。医生还给她的只是那句话 Don't Worry（别着急）。在她的催促下，终于来了个护士。一样的糟糕。眼见护士在他的手上扎了三针，都没有将针头扎进静脉。鲜血倒流出来。他紧咬着已经焦灼的嘴唇。她的眼泪流出来。听到的还是那句"别着急"。

她气得把手上的那张如同废纸的病历卡扔在那护士脸

上，冲进医疗室，发疯一般地找出氧气枕给他接上。医生和护士朝她愣在那里。谁也不会知道她是个没有执照的好护士。那么多年来他的健康不时在发生警报，她熟悉他的病情，了解他的需要，能听懂他梦中的呓语。可是，这一次的病情来势汹汹，而且是她从未遇上过。

整个晚上，她睁大了眼睛看着那个装满药液的瓶子。凌晨的时候，他呼吸困难、面如土色，却异常镇定。他让她伏下身子，在她的耳边说："宝宝，你可能真的要一个人回家了……"

她伏在简陋的医院候诊室里无声痛哭。一个陪夜的当地人却睡得像死了一样。她不知道，面对几乎在死亡线上的亲人，他怎么睡得如此安心？她不知道，假如他真的就这样突然地离她而去，她该怎么办？余下的漫长岁月如何消磨？双手掩面，任泪水汹涌而出……

第二天晚上，他的高烧从 41.7 度降到了 38 度。他清晰地吐出几个字："宝宝，带我回家。"

别了，文莱。飞机起飞的时候，她想到了几年前的那个圣诞节，他从伦敦机场给她打来电话，他说，他坐的航班差点出事。他当时很平静，觉得唯一的遗憾是没有来得及向她告别。所以，在电话里向她求婚。于是，他们的纪念日永远就是圣诞节。

现在，就算飞机失事，她也了无遗憾和恐惧。他们的家，就是对方的身边。

她抱着他。她拿了机舱里所有的毯子给他。可是十条毯子依然没有办法止住他身体的颤栗。

　　他把脑袋靠在她的肩上。居然对她断断续续地说起好多年以前的一次旅行：

　　那年她大病初愈。他带了她去香山看漫山红叶。

　　阳光灿烂的北京城。有少年骑着单车呼啸而过。他们在墙根边互相喂酸奶。

　　酸奶装在厚厚的灰色玻璃瓶里，用纸封口，然后是一根橡皮筋一套。没有吸管，她们用薄薄的绿色铁片一下一下盛来吃。

　　这一切都不是传奇。说出来，也许对于别人来讲，是不值一提的琐碎片段，但却是她生命里的安魂曲。

　　几个小时后，飞机平安落地。他说："宝宝，我们回家了。"他终于虚脱，完全倒在她的身上，她也有一种瘫痪的感觉。

　　……

　　上海的医生推测，他的病起初是一种很凶猛的当地痢疾。加上病毒的袭击和他原本抵抗力的弱小，所以引起了并发症，没有得到及时的治疗。

　　虽然，她曾经发誓："我要把你带回家。我不能把你一个人留在文莱。否则，就让我随你而去。"

　　她的确把他带回了家。可是她仍然失去了他。她没有想到他是这样和她告别的。原来，生命的变幻无可抵挡。

　　誓言伟大，人却软弱。她没有勇气随他而去，而是在经历了很长一段失魂落魄的生活后，继续消磨着余下的岁月。余下的岁月没有他。她在他给予的回忆中分享爱情的天荒地老。

她为自己找到了借口：随他而去不是坚强。坚强的是继续生活下去。像一首歌里唱的：在没你的地方独自成长……

她对所有人隐瞒了有他的过去，让那一切犹如石沉大海。她将独自成长，每年对他墓地上的小花说话：嘿，你们长大了。

佛经上说，一段感情，即使没有结果，也会在彼岸开出花。她和他之间的彼岸花，是天空飘下的那场温暖的小雪。圣诞节的黄昏，她裸足穿了细高跟的凉鞋踩在薄薄的积雪上。她发现，墓地上的石碑因为时光的揉搓和她的抚摩变得细腻，色泽和纹路也居然变成了柔和的雪花。

明年今日

当年，一见钟情。一言为定。

曾经，每次电话，他都要坚持让她先收线。他说，听到你先说"再见"，我才比较放心。守候与回味的人总是更加失落。有谁要体会失落的心情？如果不是为了成就她的欢喜与甜蜜。

结婚的那天，他许了个愿望，他希望自己比她多活一天。他说，死在爱人的怀中比较幸福。有谁要体验孤单的思念？如果不是为了成就她对死亡的那个理想——像一个微笑着沉睡不醒的梦。

相爱得千辛万苦，还是难以抵挡世间的千变万化。

女人说，若你不爱了，不如明明白白趁早告诉我。也算是爱的道德。拖着躲着，伤害更深，罪孽更重，不堪重负。

男人说，我不说，是因为我不知道我爱还是不爱。

女人远走高飞。她的观点是：当不爱处理。

有裂痕的感情，是穿了一季的麻编凉鞋。尽管曾经那么欢喜不舍，但是洗过以后，它掉色、缩小，难以处理。第二年夏天再拿出来看看，结果肯定也是扔掉。不如，今季就扔了。

明年此时，若无好鞋，宁愿光脚走路。

很多年以后，她在福冈有了一幢度假别墅。四面的墙都是玻璃。天空与海洋是天然的画。只有"私密空间"的墙才是墙，墙上的画被周围太多的黑白与灰蓝融合，它们像一个想跳出来的彩色音符。从窗口望出去，看见浪花飞溅在峭壁上。

女儿的眼睛里，过早地有了警惕的微笑。矜持而淡漠。

她不知道对女儿说什么。如果她是一枚外壳坚硬内核甜蜜的果实，她会很寂寞。但是，如果打破了外壳，又容易受伤害。

所以，她希望女儿外表甜蜜、内心坚强。她成年的时候，能和她的父亲拥抱，并且手挽手地外出旅行。她的第一个男人就是她的最后一个男人。从父母身边就直接被过渡到她的丈夫身边。

还要告诉她：优秀的漂亮的男人，优秀和漂亮都是他的，和你有什么关系？和你有关系的男人，是会心疼你的男人才好。

死去活来黯然心碎最后一样无疾而终烟消云散。适当的妥协，适当的投入，有独立的立场，却没有孤立的处境。平凡就是完美。

这都是她没有得到实现的幻想。

江湖太深太广，让人畏惧。怕走不久，当然更不谈笑傲了。

相濡以沫，是情感的急功近利，却有残酷的辛酸，我们只是用抓在手里的一丝温情抚慰贫乏而卑微的心。

我们怎敢相忘于江湖？不如，当初从未相识于天涯。

明年今日。让我感谢你，赠我空欢喜。

爱情黑匣子

　　当年在我最失意的时候，你的拥抱和亲吻留住了我的人生。你给了我第二世。在那个漫天飞雪的冬天，我们在佛前祈求天长地久。我说，相信有前世是件好事呢，因为有前世就会有后世，今生如果不能在一起，来世还有希望相爱相守。

　　后来，我还做过一个诡异的梦，梦里说，我的前世死在海边的时候，是你亲手埋了我。所以今生我来报恩，要对你好一辈子。

　　誓言伟大，人却软弱。虽然你没有说出"分手"，但是我知道我该离开的时间终于到了。如果爱情不如我们想象的那样甜美，所有的罪就让我爱背负好了。

　　如果你让一个错坚持了一生，错也变成了对。谎言和真相的确只差一线。所以你应该让我自欺欺人，永不识破。

　　我希望你这样做，是为了延长感觉，也是为了戏弄世人。其实，18岁那年，我就知道：王子不爱灰姑娘。王子爱的是穿上水晶鞋的美丽公主，是变成公主以后的灰姑娘。

圆满的结局背后隐藏的还是令人失望的真相。所以，我只想让自己早点不是灰姑娘。在我的成长岁月中，我用了各种方法让自己疯长。

可是，你的破绽实在无法对我瞒天过海。我恨自己太敏锐。

你不用对我有任何补偿。在以后的漫长岁月中，会有另外一个人将我的伤治疗好。你将淡出我的心扉。希望未来的他是一个会悠然自得吹口哨的男人，能够时常牵着我的手去散步去吹吹风看看星空。我的生活太沉重了。太焦急的步伐甚至让我错乱。爱一个人永远比接受爱痛苦得多。我疯狂地想念能够开怀大笑的时光，而你实在不能让我爱得轻松。不过，我没有想到你却让我离开得轻松。

谁的岁月不是斑驳的呢？然而，因为我曾经真切地付出与感受，就像仰望着星星的夜空，虽然斑驳，却瑰丽。

即使现在发生的真的不如人意，即使对于未来实在感觉茫然，即使不断地有疼痛的秘密心事无从诉说……但是，我仍然觉得有自己独特的回忆终究不算太坏。

我精心修剪整理我们相处的历史：曾经淡淡的情怀原来竟然是刻骨铭心的深情，曾经疏离的也许只是不敢逾越，曾经遗憾的也终于得到温柔的救赎。

还记得我曾经说的吗？假如忽然有意外，我将给你一个爱情黑匣子。让你知道我一生深情爱你的过程与细节。你想知道什么就查阅吧。

然而，爱情已如星辰般陨落，证据确凿又能怎样？重读我们的故事，找出全部的意义又怎样？

我已飞出航道，和你永别……

所以，我离开的时候，决定带走那个黑匣子。爱情的遗言，我不会留下。

吃苦的幸福

　　铁轨在眼前幻化成那些被时光抚摸过的伤痕，充满意味。我在想，我为什么在尘土飞扬中风雨兼程？我的方向还是他吗？

　　后天，是他的生日，我要坐三天两夜的火车赶去为他庆祝。我提着行李来到他的公司门口打电话："我在你办公室楼下，你来接我吗？"……我以为他会给我的是惊喜，是感动，可是我看到了夹杂在其中的别的什么。

　　他请了一大帮朋友同时一起吃饭，并没有介绍我是他的恋人。他说因为没有人不知道。可是我的心里清清楚楚，分明是怕两个人单独面对的尴尬。

　　通宵的疯玩。像是一个麻醉的娱乐场。我端着酒杯来到他的面前祝他幸福。我在心里对自己说，当我完成对他的倾诉，我就会自己悄悄地告别。

　　天亮的时候，我和所有朋友一起离开，在火车站的候车室里面色惨白。火车启动的时候，我的眼泪终于掉下来。我知道，这是最后的告别。

11月的晚上已经很冷了，我抱紧了双肩，开始有些后悔，应该熬到春暖花开再说分手的。

当年，他闯入我生活的时候，就像一片玻璃，轻轻一撞就扎进了眼睛，疼痛无比。我不知道结果是仅仅会留下伤疤还是让我全盲。

曾经想等到他的事业有了起色再说分手，可是一等就是五年，连说的希望都没有。于是，我彻底扼杀了这个念头，带着接近宿命的姿态决定爱他追随他一辈子。哪怕一起沉沦，也要厮守这份吃苦的幸福。

可是，现在……他也许只是抢先说出了"分手"，我的心里还是有"被抛弃的感觉"，心里都是酸楚。回忆中的良辰美景变成海市蜃楼，不知道那些积怨和痛楚，也是否能很快像雾像雨又像风。

从我背起包准备去火车站的时候，我就关了手机。离开这个城市，我不再需要和任何人告别了。没有人知道我的离去，就像没有人等待我的归期。

一路上，依旧是带着风沙的荒凉，阳光干爽，云朵烂醉。那没有止境的植物、沙石，没有休整好的公路，向远方寂寞蜿蜒地伸展。偶尔听见有鸟拍打翅膀从头顶飞过的声音。远处的湖水，像画布上渗出的深蓝颜料。这湖水，让我联想到大海以及像大海一样的平静的表面和汹涌险恶的海底世界。

我们的恋爱就是沉没在深海底的一艘船，曾经华丽起航，沿途风光旖旎。然而，它现在在几十万英尺的海底，锈迹斑斑，渐渐腐朽。

我终于不必再吃苦了。可是，同时，我也失去了幸福。

明亮的忧伤

　　我把车开上高架。天空还没有破晓，带着淡青和灰紫，朦胧而柔美。风中有清凉的味道。车里放着卡拉丝的歌剧。我听到明亮而直接的忧伤。让我想到一个充满爱情的女人，想充沛地全力地去爱与被爱，可总是被自己喷涌的激情灼伤，或者被麻木的玩世不恭的情人围困。

　　终于，高亢的歌剧随着车窗的打开、城市的苏醒，变得支离破碎起来。于是，我关了歌剧。加入拥挤的意气风发的人群。就算是伤口，也要绝色得美丽明艳。

　　我要和所有人一样对生活充满欲望，哪怕浮躁、脆弱，还经常遭受打击。

　　我宁愿不断失望，也不会盲目。我郁郁寡欢，但是选择的时候总是义无返顾。只有我知道我有多么爱他，所以没有办法以不能相爱的方式和他在一起。他以为我残酷地放下了一切。他却不知道：放得下，不等于忘得了。

我没有打电话给他，是因为我有时过得太幸福，有时又太不幸福。

我也不想祝福他，因为离开他以后，我过得不好。所以，我把祝福留给了自己。

太多男女只是借着爱的名义达到自私的目的，互相打探、猜测、衡量、计较、抱怨，又唯恐对方比自己高明。所以有很多的恨与仇。我对他是恨不起来的，因为我知道我面对他的时候，一无所有，我离开他的时候，还是一无所有。我们的时间只有现在这一段。过去和未来，都将我们杜绝。

离开他以后，我也碰到不少男人。可是，那些类型的男人说话的腔调有着缠绵悱恻，仿佛一切在欲拒还迎当中。他们的确懂得如何跟随时尚感觉吃喝玩乐以及打扮自己，容易喜欢女人，但是比较懦弱和暧昧，不会付出全部的感情。他们假装谦虚自命不凡又备受压抑，实在有很多微妙的值得玩味的东西。

在我的眼睛里，那样的男人，是一个包袱。我本来没有这个包袱，一身轻松，有些小小的寂寞，却也自由自在。为什么要自找麻烦，将它背上？为了换取一点可怜的温暖。

这是我对于感情的困惑还是蔑视或是质疑？

当我没有答案的时候，我只能任由我以不断出发的姿势来得到重生。哪怕，我的锐利很单薄，容易被打碎。

最终的相遇

那年那月的江上生活，是你的童年中温馨的片段，是你和父亲一起的唯一记录。你们的每一天过得和一天一样。

父亲带着你从船舷边走过。他回头牵你的手，背后烟波浩淼江水滔滔。你小心翼翼地迈步，紧张得发抖。当小手放进他的大手，忽然感觉心安。

然后，你坐在船头看晚霞。闻到船舱里飘出的油烟气和炒菜的香辣味。你们在晚霞中吃新鲜的螺蛳和鱼。父亲把鱼面颊夹到你的碗里，你嚷着还要吃鱼的眼睛……

你在那个时候爱上吃重辣。后来的父亲却是越吃越清淡。你在那个时候爱上吃鱼的眼睛，那是一个小女孩心里对爱的衡量。

他是一个货轮上的水手。码头的风吹得他皮肤很黑，眼角苍老，双手粗糙。笑起来始终几许尴尬，像从农村的田埂边走来。

后来，随着妈妈和他的分开，你跟着妈妈也和他分开。你们之间只有问候式的联络却没有沟通。但是每当回忆童年的那一幕，仍叫你落泪。

他是你生命中第一个男人。给你极其有限的爱，一如他能够给予你的物质。

你后来遇上的大部分男人，他们的感情都有既定的秩序和规则，本着改造你的目的，试图将你带上他们的地图，顺服他们设定的路线。

只有你的父亲，他对你没有更大的期望，他只是觉得知道你在哪里，活得好好的，就是好的。然而曾经，在你看来，他给你的是莫大的无情。

他不知道他的女儿在开价值百万的跑车。他不知道他的女儿抽烟的速度是他的几倍。最便宜的一盒细支雪茄也是100块，是他的烟的十倍价格。他要钱，你就不断给。他每次都要得少，你也不多给。只是沉默地按照他说的做。他每次跑来要钱，都显得尴尬，你却不以为然。你不表示反感或者愤怒，也不怂恿。

父女的情缘，表现出来的是中正的情缘，不剧烈，也不稀薄。那天，他走后，你站在原地很久。你觉得自己的灵魂和他粘连并且绵延起伏没有边际。

同样的地方，后来有一天，你和另一个人同去。大楼的最高层，繁星灿烂，就在头顶，没有护栏，像眼前盛大而灼烈的他，是让你别无选择投入的深渊。假如早些遇见，你们都清白无碍，可以坦然地在一起。而现在你们有的每一天都是小孩子般的欢喜盲目，分开后，仍然感知莫大的缺失。

每当回忆那个晚上，你都会一再对自己说，假如我们拥有时间，我们会理解对方更多，爱对方更多，把爱慢慢地修补好，天真坚定而温暖。可是时间突然沦陷了，生命消失了。

你们是多么不自由，连想弥补爱的自由都没有。抓在手里的就是那白色粉末，已经没有生的气息。当它们被装在盒子里送到你面前时，你的手指体会到他的滚烫，高温烈火下，他的痛苦了无痕迹，最终涅槃。

那个夜晚，他把他的灌注到你的身体里，要你隶属于他，然而却是一次盛大的再见。这样的爱这样的牵连，是多么残酷。

对他和你的故事，你守口如瓶。有些关系还是被遗忘比较好，而且不应该有复苏的机会。

在极夜即将来临前的时候，你站在北极圈以北100公里的小镇上，面向这个梦中已经来过千百遍的冰酒店。

你曾经幻想自己躺在冰床上等待春天。和那些屋顶、旋梯、吊灯、沙发一起缓缓融化，回到河流。寂静的清晨和午夜，你应该可以听到冰的呢喃，那是因为他们在碎裂，没有遗憾地完成生命的轮回。

听说有瑞典的艺术家和挪威的音乐家合作，一个搭建冰乐器，一个演奏大自然的天籁。短暂的丰盛、极致的艳冶、肃穆的空寂……一切化为虚无，一切又是永恒，那么令人着迷的冰的世界。

他曾经写给你很多诗，而你只记得一句：来，让他带你去看北极光。

他说，等北极的冰雪全部融化我的爱就不存在。如今，北极依然冰天雪地，他却已经遥远。

他很有才华，纵然他是你的一场劫难，你仍然不想责难他。他的爱情是真，犹如北极光瞬间消逝。少年时代的张扬和癫狂，亦成云烟，化为冰河，潺潺无归。

《圣经》里说，倘若你的一只眼睛叫你跌倒，就剜出来丢掉。你缺少一只眼睛，但是进入永生，强如你有一双眼睛却被丢在地狱的火里。

《圣经》烧烤着梵高的荷兰脑袋，所以他割下自己的耳朵。用残缺成就完满。

你也终于割舍他。真正了断的时间却很漫长，结果还是干净彻底，一如冰雪消融。

所以，对他的突然离去，虽无限眷恋，却默默无语。你曾经反复设定你们分手的场景，并且尽力让这一天晚些到来。可是，他仍走得让你措手不及，让你在原地茫然失措：你不是说假如离开你必须提前半年通知你吗？却怎么成了一瞬间？

爱的盟约，形同虚设。

如果他在，你们约好一起历尽颠沛流离到达终点。那是一个有着泥土与青草气息空气清新湿润的小镇。没有汽车和手机，人们在山脉的阴影里看露天电影，深夜里，听得见青蛙明亮的私语,还有萤火虫飞舞的划出的喜悦弧线。你在他的怀里，茶色的毛衣上都是烟草的味道，他笑起来的样子有微微的孩子气和羞涩，你笑他是多么的不会谈情说爱……

可是，只是假如。

爱过的人，正在爱的人，将要爱的人，活着的，逝去的，对于你来说，居然殊途同归。他们和你的相遇都在某个驿站，停留的时间长短不一。

你的路程亦不会停下来，计划的路线改变而已。大家，都在同一个终点相遇。

三、流言

爱是永恒

　　和初恋男友分手后，她常常在周末的夜晚把车开到郊外，在敞篷车里喝啤酒听音乐，沉沉睡去，或者在湖边的草地上抽烟，望星光闪烁的夜空，直到凌晨。

　　星星是她心中最原始的钻石。她意识到自己终于成为都市物质女子的时候，有过一丝叹息，但是仍然不露声色地继续着这样的生活。人的欲望与失望原来是和星星一样多的……有时侯，她想，天上的钻石太远了，还是给我人间的钻石吧。有时候，又觉得，人间的钻石也太脆弱，天上的钻石才永恒。

　　于是，在整整四年中，她还是选择一个人欣赏周末的星空，独自拥有所有的灿烂与凄清。

　　认识他的时候，她觉得自己已经不知道怎样谈恋爱。第一年，在她生日那天，他送她一只镶满碎钻的手表。他说，钻石是人间的星星，而手表代表一个誓言——我永远爱你！时间可以证明！她笑笑："好啊，等你违背了诺言，我就把手表还给你。"

第二年，她过生日。他问她要什么礼物？她开玩笑地说，要个钥匙圈就够了。他果然给她一个紫水晶的钥匙扣。上面有一把古铜色的钥匙。他说："这是我家的钥匙，一起给你，愿意吗？"她才想了几秒钟，几乎是没有犹豫，就接过那把钥匙。

原来，人生中的绝大部分事情和理想都是无关的。理想，毕竟虚空。更多的人生是靠选择组合起来的。某个人、某件事情……放在你的面前，问你：接受吗？就像他送到眼前的爱情，或者说婚姻。

她心里知道，舞台上光芒万丈，仍然不及一个家的光亮。卸了妆，我什么也不是了。她不要做优伶，散场之后的孤独，盛名之后的荒凉都不是容易承受的。所以，她接受他给自己的一个避风港。

其实，她自己的房间也很美，只是美丽得有些荒芜。她的被子是一个深蓝色的睡袋。双肩包的行囊，就靠在墙边。她的梦想中有一个很瑰丽：想把家弄成一个飘满瓶子的房间。不敢期待未来的时候，就依靠那些瓶子来回忆。打开来，里面的叹息、欢乐、哀伤、寂寞、浪漫、沮丧……不知变成了什么。

遗忘的，已经不再重要，可当初，为什么要信誓旦旦地装进这个瓶子？刻骨铭心的人和事原来那么少。像那句用悲伤和恍惚的样子唱出的歌词，多么平静和理智——"有

三、流言

173

一天，你会知道，人生没有我并不会不同。"

　　以前的男朋友，对于她来说，不是爱情，而是成长中的插曲。

　　眼前的丈夫，对于她来说，也不是爱情，而是人生的延续。

　　她并非想否定爱情，只是她宁愿相信：最初的爱情，变成了星星，在天空中不沾红尘地永恒着……

飞渡岁月

　　她陪着女友去接她的哥哥。却怎么都不会想到，在岁月的街角，有一个华丽的转身在等着自己。

　　经历了一些事情，自己也终于是个有故事的女人。现实生活中，她隐忍了很多，从来没有到沸点的希望，但是也不会与冰点的绝望。

　　当她见到女友的哥哥从飞机上下来的时候疲惫而微笑的脸，忽然觉得心动了一下。对于小说里有的一见钟情，她开始有点相信。

　　眼前的他，几乎接近有人到中年的风霜感，却没有陈旧的气息。听说，他开了近20年飞机，到达过200多个机场。但他居然还是中文系的硕士生。他穿制服的模样依然英俊。抬头纹下有一双明亮的眼睛，是飞行员才有的透明与有神。

　　后来，她常常陪着女友接她的哥哥。再后来，女友心领神会，就将接机的任务单独交给了她。

那个冬天的晚上，突然大雨。他和她穿过昏暗的走廊去大路上拦出租车。雨水冰凉。她挽住了他的臂弯……

又一个秋天来临的时候，他有了假期。他们常常去田野散步。橘子树散发着清香，纯蓝的天空下有蔓延的浮萍。又要起飞的前一天晚上，他突然对她说，我很奇怪自己，为什么一再地感觉无路可走，可又一再地往前走着。

她觉得他像自己，不喜欢任何热烈深切的关系，在天性里又正好有着脆弱温情的成分。她能感觉到自己对他强烈的爱。

但是，令人沮丧的是：即使在离别前，他都不会有什么表示，更不要说承诺。甚至，她觉得他将一切都锁在眉宇间，包括爱或者不爱。她终于听到了来自内心轻轻的叹息，转而是失望与愤怒。她想到了分手。

第二天醒来的时候，收到他的邮件。他说，飞机发生了一点故障，我以为我回不来了。终于降落在北极。在地球的最北，深蓝的没有白昼的夜，小小的候机室里的灯光，让我想到了你。

她知道任何一个发生在三万英尺高空的所谓的小故障，都可能带来一场生离死别。他的轻描淡写，就是别人的震天撼地。他的了无痕迹，才是常人的轻描淡写……

多年以后，他不再飞的时候，才告诉她：总觉得你是一个容易担心的小孩子，我对自己太不放心，所以不能将一生托付给你。

这个时候的她，也能够平静地告诉他：我和你正是相反，我也对自己太不放心，所以只想把自己托付给你。

回忆中，那些机场的故事星星烁烁，成了他们永恒的话题：

阿拉斯加机场的温度只有零下31度，常常下雨又下雪。这时候，飞机最脆弱，所以起飞很容易出事。

迪拜机场的最高温度居然有52度，而飞机马达的最高承受温度就是52度，所以无法启动。要等到温度降下来才可以。

大约，爱情也是一样，太冷太热的时候，其实都危险。当温度刚刚好的时候，才可以平稳安全地起飞。

当年，他爱得冷静，把握着爱情的常态。她爱得痴缠，创造了爱情的奇迹。所幸的是，他们的心的方向是一致的，那就是：合力飞渡岁月。

三、流言

极乐世界

她去参加他的葬礼，安慰他哭得昏天黑地的太太。没有人知道，她也是他的女人，整整十年的默默追随，她把自己藏起来。只是以工作拍档的名义出现在大众面前，中性得连红颜知己都谈不上。她觉得自己依靠他的爱情而活着，所以比任何女人都需要事业，工作和金钱才让她有底气敢说"我放弃名分"。

直到他突然去世的前一天晚上，他们还一起在厨房里煮晚饭，他为她系上小围裙。

曾经也渴望沉溺地爱与被爱。可是很快就发现爱能升华为神，也能沦落为魔。太过分的爱会变成嫉妒与痛苦。因为不能完整地拥有他，开始失去理智，从伤害到毁灭，几乎想到了让大家同归于尽。

他曾经为此和太太去离婚，可是因为理由是"没有爱情"——离婚的条件不成立，所以没有离成。爱情，是不受法律保护的，爱和不爱，法官下不了定义，没有标准。

后来他就病了。她在家里夜不成寐，却只能以朋友的身份偶尔前去探望。你是他的朋友，当然不能当着他家人的面亲他抱他抚摸他。一切只能化为普通朋友的问候与关心。

她想起他那年的表白："我总有一种想为你而死的冲动。"现在，只希望他能把那句话改成"我总有一种能为你而活的勇气"。

那场大病以后，他好像老了十岁。她再也不提要他离婚的事情。仿佛他的死里逃生让她也大彻大悟：誓言伟大，人却软弱。海誓山盟换来的也许是刻骨铭心的伤痛。

她在给他的生日卡上写：

"你是蝴蝶，永远自由。

你是蝴蝶，飞不过沧海，没有谁可以怪你。

你是蝴蝶，用沉默的舞姿划开我的心脏。"

那是她给他的最后一枚生日卡。她从来都没有办法公开为他庆祝，和他一起举杯欢笑。就像今天，她哭了，却要掩饰："我们是事业拍档啊，他太太好可怜啊！"明明是爱情，是委屈，是无助，却要装成是同情，是慈悲，是安慰。她没有立场表白，没有立场哀悼。终于，悄悄退出。决堤的泪水在转身时才敢痛快地涌出。

忽然有两个人的对话飘进耳朵："他不爱他太太呢，听说还有一个女人的，不过大家都没有见过。""他早想甩了那个女人的，不过没有来得及。"……

三、流言

179

　　她没有停步地往门外走。也许他的爱情的确由浓转淡，但是时间不够他说出分手，所以她宁愿相信他到死都是深爱自己的。人生没有黑匣子。无从验证，也不必验证。没有人可以穿越岁月的断层。是死亡，让爱情永恒。

　　于是，她心里又浮起了一种不可捉摸的笑意，好像来到了极乐世界。

生日礼物

　　在我生日的夜晚，我带上数码相机穿越大街小巷，拍下这个城市角落里的水迹、烟囱和有着铁锈的栅栏。然后，静静地抽一根烟。寂寞地眷恋和想念远方的一个人，苍凉与欢喜地庆祝。

　　九点。你问我在干什么？我说，喝茶。你没有问我在哪里。

　　你真的以为我喝茶？长岛冰茶，外表似红茶，实质上却加入了伏特加、龙舌兰、琴酒和朗姆。你当然可以一饮而尽，但是将马上误入烈酒祸心。

　　忘了时间。我抬头，正看到你披着纷飞的大雪走进来。你对服务生说："长岛冰茶。"然后，你一眼就发现了角落里的我。

　　一见如故的故事我看了很多。我想，大部分都是一场表演，或者是一个无伤大雅的圈套，为了某一个目的。习以为常了。用得最多的一句叹息就是：人在江湖身不由己。

三言两语怎能抵挡七情六欲？一厢情愿怎能坚持一生一世？

人来人往。第一眼，决定了一些什么。

这世上有太多让人不喜欢的聪明人。聪明但是不善良的人，眼神就显得狡猾而委琐。还有一种常见的眼光，像刚刚烧出来的瓷器，上面泛着一种令人讨厌的光，据说行话称它为"贼光"。这样的眼光，欲望很强，毫不掩饰贪心和占有。而真正美丽的眼光，犹如玉，罕见了。

你说我的眼光也不是真正美丽的玉，因为太戒备，像鹿。我不屑一顾：你难道不是？

我们都太清醒、太理智、太有节制、太顾全大局、太想守卫好不容易已经打下的那寸草片地。所以，我们都没有办法深入别人的生命内核。保护自己胜过和别人坦诚相对。

我的沉默寡言，你的滔滔不绝，其实，本质上是一样的孤单。好在我们不需要相互拯救。

日子可以过得孤单，但是不能荒芜。孤单，有时候是自己决定的。荒芜，却是被动地清冷。所以，也许饿哦应该为自己请一个法国厨师，再聘一个白俄罗斯司机。我住的地方可以是个老式公寓。但是，当我撩开白色的蕾丝窗纱，要看到树，感觉到它们的大叶子神气地在阳光里晃动着。

我是愿意在梨花树下摆一壶酒和你长夜倾谈的，我们交换历史、记忆以及时间中隐匿的部分，然后告别。再次想遇在人群中，仍有惯性的疏离的微笑。

没有你的冬夜，我用冷水洗脸。在光秃秃的山坡上奔跑尖叫。可是我不会打电话告诉你这一切。

有弹性的人太多了。谢谢你让我坚持，哪怕坚持我的缺陷。我有自己纯粹而坚定的标准，几乎是死板与枯燥的同义词。可是我知道，我的自由是用放弃稳定与安全换来的，我的快乐是放弃周边的人对我的赞美和热络换来的。

记得那天我们坐在一起，仿佛比赛抽烟的速度。夜色中的河流像一条凝固的静脉。后来你站起身来，离开的样子没有一丝留恋。

情感，是蒲公英，聚拢时，美丽温暖；分散时，飘摇洒脱。

谢谢你陪我喝一杯长岛冰茶庆祝生日。

漂亮而昂贵的礼物，也就是个废物利用的结局。卖火柴的小女孩只能从火柴的光芒中闻到烤鸭的香，可是总是有人礼物多得没有地方放。于是，一些礼物还不曾拆封，却被层层转手，带着一个目的做一次旅行。而你的礼物，总是与众不同。

当年，你落魄的时候，你来我家为我过生日。带来一瓶1973年酿的波尔多葡萄酒。那是我出生的年份。并不奢华，却是花了心思的厚礼。

你说，我没有钱，所以我只能用心给你一份礼物。

我笑问，今年生日，你送我什么礼物？

你认真地答，我把自己用时光包裹起来，送到你的面前了。请收下吧。

三、流言

当风情遇上风霜

有人说，爱情的敌人不是第三者，而是繁琐的岁月。当爱情的风情遇上岁月的风霜，就是消磨之后的死定。

我一直在想：我们的爱情会在哪一天变得这样？假如一切终究要发生，就让它来得晚一些，最好在我死亡之后。

电影里的台词是：为什么要结婚？因为可以随时亲你。真是一个美丽的理由！你看着我的感动，好像有点不屑一顾。

散步累了，我们在一家叫"普罗旺斯的树"的蔬食馆坐下。我最近迷恋这里的白色与清新。你看看周围说，这种地方，你若是不带我来，我一辈子也不会来，也不会发现这里还有这样一块地方。

你用手机拍出我的样子：一身纯麻的衣衫，大得足以将两个我套上。那种暗粉紫色，永远都是显得旧旧的。这是你从尼泊尔带来。

当时，你只看一眼就为我买下。我正好在家里给你写明信片。我写：没有你的日子，心乱如麻，相思亦如麻。

你看着手机屏幕上我的照片评价，说你的头发像瀑布是美化了，说像稻草也实在没有什么不妥。

我总是没有广告里的女主角一头乌黑柔亮的长发——我承认。可那就是我。而你呢？一个小肚子、几缕白发，腰间隐隐的酸痛常常提醒你阴雨天即将来临，眉宇间即使有的笑容也都是中年的沉静与温和。这就是你。

我们不是同一个频道里的人，可是却深深地爱着。

我写文章的时候，你的存在和空气没有什么两样。偶然抬头瞥见你的神情，拿张餐巾纸折来折去，无所事事的孩童模样。可是你还是坚持不肯让我一人独坐。你总是说，一起出来，就要一起回家。

我们喝着"树上的花"。你说这里的暖气比车里的还足，几乎让你昏昏欲睡。你终于睡着了。我叹口气：你总是不懂浪漫、不解风情……

你醒来时。摸摸我的脑袋，说我是个孩子。忽然感觉自己的幸福。有那么多人曾经说过愿意为我付出生命，可是最终将自己的时间和爱好割舍出来都是吝啬，在遭遇权益的抉择时又纷纷退缩。只有你，在那么多年以后的今天，在法国香颂里无聊得睡着却坚持要"一起回家"。

我的青春在你每一个细节的爱与温情中慢慢消退，却也值得。

在我们的世界里，你总是用行动告诉我：风情，是属于女人的，风霜该留给男人。虽然，事实上，岁月一样用皱纹和白发毫不留情地验证女人也为事业与生活奋斗与付出。

初春的黄昏，我依偎在你身边，却不想和你说话。我们只是手牵手。我却偏偏给你发短信，我从书上看到一句话，忍不住告诉你：我们的爱情也许敌不过岁月，但我只想你比我早死一天，我要给你最初的也是最终的深情……

你歪着脑袋说，这种话也只有你说得出。

我不知道你是感动还是不解。

告别纯真年代

在我的生命中，我很吝惜给某些人机会。因为，我不可能应付很多人，所以我不介意有人对我失望。我也从来不曾对于自己的选择和付出失望。

假如，我还停留在18岁，在麦田里奔跑的时候，像一道甜蜜而放肆的阳光，我还会迷恋"甲壳虫"。她的圆圆的大眼睛，她的小巧与可爱，像极了少女的我。天真任性、无忧无虑，感觉对了就出发!

爱得狂野的时候，也是最无邪的时候。我们在宝蓝色的"甲壳虫"的车顶放两个金黄的橙子，画上笑弯的眉毛与眼睛……

它让我想起自己敢爱敢恨的那段时光，分明得义无返顾，丝毫不会巧言令色。

事过境迁才知道，那时候，以为自己输不起，实则输得起，完全可以一次次地重来。手上有一大把的时间。

　　在我淡忘他的时间里，他却牢记我的一切。他说，穿职业套装的你是一个有威慑力的女人，但是你穿着我的旧T恤在床上写字的时候更让我着迷。可你总是我不按牌理出牌，所以才让我措手不及。

　　我说，可是这个世界本来没有梦想，也没有地方让我躲避。

　　世事的无常，如风的情缘，宿命是一张摊开的安静的网。在爱情的路上，每一条走过的路都有它不得不那样跋涉的理由，每一条将要走上的前途都有它不得不那样选择的方向。

　　事实叫人心疼：我们曾经富有到从不曾考虑什么是富有，我们后来却贫穷到只剩下一堆钱——我们总是在失去的时候才了然于心。

　　一切都有闭幕的时刻，当我变成了一个淡定漠然的女人以后，应该会遇上另一个他……

　　我却固执地以为，他爱的不是我，而是他自己——从前的自己，他在我的气息里寻找自己纯真年代的影子。伤感与惆怅，都被包裹在对我的爱里。这样的爱，像一场悼念。

　　大约，在孤单的时候，我还是会忍不住地想起自己是不是还在潜意识地追求某一种生活状态和某一个未知的影子？

　　望着"甲壳虫"，就会联想那被夸大的美好和浪漫，那曾经以为廉价但是弥足珍贵的青春。

然而，甩甩头，现实会在某个你不注意的瞬间给你一种来自生活的致命打击。这一锤锤的打击，终于让自己变得无坚不摧甚至百毒不侵。

原来，时间可以帮助我选车、换车，一如时间可以插手让情感在腐朽和神奇之间变换。

十年以后，我不知道我会开什么车，或者也许我能开飞机。但是，我肯定告别我的"甲壳虫年代"——我的纯真年代。

未来的新车对于我来说，将变成另外一个截然不同的概念、符号或者说姿态。但是，她，同样，毫无疑问地还是代表我!

深秋，我将车停在树林边，车轮无声地碾过落叶，我在漆黑中和大自然互相感受对方的孤独和亲切……

——2003 年 7 月写于最后一款大众甲壳虫推出之际

三、流言

心无灵犀

　　车子一转弯，她从反光镜里看到他正穿马路。三年多了，在一个城市里，却是第一次见到。她想自己的表情大概是有些无奈的，因为她觉得他实在没有什么不好，但是两个人的缘分，总是欠点火候。连邂逅，都成了交错。

　　几年前，直到和他分手的瞬间，她才突然觉得：爱情的路上，相处的感觉就像新驾驶员上路，机械地加了挡位，速度却跟不上。爱情，终于熄火……

　　感情的车，驶出心头。只有沿途的街灯，才浮现这个城市的安静。

　　大概，生离和死别，有时候没有什么不同。爱再深，情再暖，都会因为缘分的错失而渐渐淡出各自的视线，慢慢销声匿迹，人海茫茫，无处寻觅……

　　曾经倒背如流的那个号码，怎么想也想不起来。

　　彼此一见钟情的时候，她以为那只是一个游戏，在高空，晕眩、沉迷、失去地心引力的感觉。短暂，如烟花绽放。可是，后来，她想和他有天长地久，当她想安全着陆时，却发现望出去根本就是一片汪洋。她开始心慌了。

再后来，她偶然听到他在背地里对自己的抱怨："噢，这样的女人啊，让碎纸机读你绞尽脑汁写出的情诗，为她打字的秘书都比你强——太给男人压力了。"

她也正在烦恼，因为，对于自己内心的渴望，他从来没有把握准确：

她想吃麻辣火锅的时候，希望他不要说"那样伤胃"，她想一个人唱KTV的时候，希望他不要对着自己拉小提琴，她穿牛仔短裤在海边走的时候，希望不要再提刚刚那件泳衣不是来自意大利。

可是，她希望他不说的，他总是说出来。有些牵强地附庸风雅，有些小心翼翼地讨好，有些想做大男人的可笑。沟通，毫无效果……

大概，他和她之间，的确是少了一点点什么。

就是那一点点东西，很宿命地决定了一切。是谁说的——男人容易变心，也很容易回心转意。女人一旦变心，就是走到感情的末路。在他和她之间，没有第三者，可是眼睁睁地看着感情由浓变淡，终于厌倦了。

爱情的岔道口，她觉得还是各走各的路比较舒畅，所以是她提出分手。

心无灵犀——像爱情患上的病，听起来像电影里英雄患上的哮喘，比起吸毒来当然体面和无辜，成了惊心动魄的英雄的一个弱点。却没有想到，这恰恰是一个致命的弱点。

接下来，她觉得自己要做的事情是：要怎样忘记他!不能在记忆中清除，也要在生活中清除!

她给自己的答案是：时间。还有一个新的恋人。

太清醒、太沉着的女人，受了伤，也不会有人觉察。她在别人的眼里，越来越淡漠。身边，也始终没有新的恋人出现。

又是一个转弯，他的身影消失在视线里，黄昏里，依旧是没有尽头的堵车。她点起一支烟，听到一首安慰人心的老情歌：

"我总如此对自己期许，可以勇敢，也可以温柔，在男欢女爱、兵荒马乱的年代里……"

月光倾城

在我30岁的时候，还是没有办法说服自己将灵魂和身体划分得清清楚楚。我没有碰到一个温暖质朴的男人把我娶回家，而是一个人在异乡的小站上借着散心的名义思考然后继续困顿。我忽然对自己无限失望。

他说我不给他安全感，好像随时会飞走的样子。他感叹，像你这样一个女人，总是以难题的形式出现在生活里的，的确麻烦。

他说对了一半，我的确想飞，我是一只鸟，充满了警觉，不容易停留，但是，我飞，是因为想做温暖淳朴的爱人，飞离物欲的城市。

但是，我不想表白。有些感觉靠明明白白的语言表达出来，就失去了意义。

他后来接着说，我怕给世界上另外一个男人制造麻烦，所以只能挺身而出，亲自来解决你了。

那些话听起来，让我觉得很轻松，觉得自己多年来背负的一个沉重的包袱终于被一个人接过去的感觉。

于是和他恋爱。那是一件很轻易的事情。好像走了太长的路，看到有舒服干净的椅子，就顺势坐了下来。

半夜去买烟、在小厨房里跳舞、看着对方沉沉睡去……那么寻常的细节，在回忆中还是感动了我。人，总是需要温暖，哪怕是一点自以为是的纪念。

而不知道从哪一天起，我们失去了那些细节。然后，忽然在某个瞬间，我慌乱地发现：我们失去的不仅是一扇朝北的小窗，还有那些拥抱在一起看北斗星的夜晚。

我在梦中感觉到自己在一点点僵硬、变冷，有山里潮湿而阴冷的气息迎面扑来。忽然，看见峭壁上那对白色的翅膀自己张开来，飞到我的肩头。翅膀的到来，昭示着我也得走了。

在后来很长一段时间里，我像个修女。听说，修女们在进入修道院的那天是穿着洁白的婚纱的，表示自己从此嫁给了基督。而真实的爱情，就是要被清洁出去的心绪。这是个何其清冷和悲伤的世界，身处其中的人能感受到深深的孤独，但那是个没有恶意的世界。我对自己说，如果可以，我愿意长久地居住在那里。

距离远了，许多感觉就不那么针锋相对了。连不甘心，也是变得如月光一样的伤感与温柔。

那年，我没离开，他也没离开，但是，爱情先离开了。

今夜，爱情又回来了。但是我已经离开他，他也离开我，我们在茫茫人海中找不到彼此。

我看到大熊和小熊星座了，不禁想起那个传说：

宙斯善妒的妻子将无辜的柯丽丝多变成一只大黑熊。后来，柯丽丝多的儿子在森林里打猎，碰到了黑熊。妈妈张开双臂想拥抱日夜思念的儿子，可是儿子却搭箭拉弓，对准了她的心脏。宙斯在天上看到了一切，于是将她的儿子变成一只小熊，一起带到了天上。这就是我们看到的大熊和小熊星座了。

不能表达的情感，是多么艰辛和悲凉……

但是，我愿意等，像30岁以前那样等。等待鸽子从远方飞来报喜时，嘴里衔着灰绿色的橄榄枝。橄榄树长在意大利妩媚的碧空下，从耶酥诞生的那天起，就已经住下了。

那些花儿

这个故事的开始气势非凡浪漫唯美。据说，他是从一本时髦小说里学来的。那个场景是：男主角买下街口的一个路牌广告发布权，在大雨滂沱的夜晚，向女主角打出一行字："你愿意嫁给我吗？"

那个非常好莱坞的场面就被他借用到了现实生活里。只不过路牌改成了大学校园的寝室窗口。他就要毕业了，还没有来得及向心仪已久的她表白。

于是，很多同学都帮助他表达爱情和对她的生日祝福，让对面女生寝室的她望见亮着的每个窗口组成的一个大大的心型图案。然后，男主角问她："你愿意嫁给我吗？"可惜，被感动的女主角仍然没有答应嫁给他。

她始终认为笔墨浓重的爱情不长久，心计很重的情感会把大家拖垮。当然，最重要的原因是：他和她家境相差悬殊，灰姑娘担负不起王子的爱情。

男孩子毕业后回到他的家乡。后来都曾经回头寻找心爱的女孩子，而女孩子始终避而不见。原因还是只有一个。

到了他们分开后的第三年，又逢女孩子的生日。男孩子寄上贺卡，平淡而温暖的祝福之后，署名后加上了"携妻同贺"。

从那一刻起，女孩子感觉到了隐隐的失落，更多的却是如释重负。

于是，她开始接受他的帮助与关心。再后来，他来到女孩子生活的城市找到新的工作，也始终内敛而温情地待她，他的爱意妥帖而温暖地在她身边萦绕，像随意出现的灵感，像她疲惫时分欲倒向的枕头。只要她说，他始终是第一个出现在她眼前的人……直到她结婚生子。

在多年后的一次老同学聚会中，她无意中听到一个真实的消息：他根本没有结婚！"携妻同贺"的署名只是他做她青春时代守护神的通行证……

她这才记起，最后一次见他，是在自己的婚礼上。从她结婚那天开始，他就不说一句话地离开。因为，他知道自己能够给她最好的祝福就是远远地祝福，否则会变成一种打扰或者包袱。

他留给她的结婚贺卡上写的是："一切世俗的头衔都可以凭人力获取，而要成为你永远的守护神却必须仰仗神力。深深地祝福你们永远幸福。"结婚卡上的署名仍然是"携妻同贺"。

怀里抱着孩子的她忽然记起大学时代的某一个课程中

教授谈到的蒋碧薇回忆录《我和徐悲鸿》和《我和张道藩》。徐悲鸿和蒋碧薇私奔，后来徐悲鸿移情别恋，蒋碧薇不肯放手，拖了十几年才终于分开。而后来，蒋碧薇在50岁的时候开始和张道藩同居。在张道藩死后，蒋碧薇用回忆录来纪念那段长达半个世纪的爱情。但是，她下笔矜持，所以那段爱情佳话写成文字没有读者想象中精彩。

无数的情感伤痕，可以转化为不尽的财富，在重创中不灭，就懂得永生。或者，爱，原本就是这样，在历尽了百转千回之后，沉淀在内心最深处的还是那一抹爱的还原色。谁比谁坚韧？谁比谁脆弱？终点还没有抵达，谁都不知道我们的还原色是什么颜色。

她的眼前忽然亮起一盏盏灯组成的那颗巨大的心，那是他离校前的求爱。像一首歌里惆怅而美丽的调子，像歌里的那些花儿，曾经在她生命的每个角落静静开放，今天已经离去在人海茫茫。

"如今这里荒草丛生没有了鲜花，好在曾经拥有你们的春夏秋冬……他们都老了吧？他们在哪里呀？我们就这样，各自走天涯……"

尘埃落定

题记：

这是我的日记。没有修改文字。加了个题目。有了点删节，看起来显得没头没尾。每一天，都可以配上歌曲作注解。

只是，我自己在重温的时候，都需要想一想当时的"你""我""他"究竟是谁，还有那些被牵扯的故事与心情……现在他们去了哪里？

2003 年 9 月 25 日　　周四　20：03

也许，暧昧很好，因为让我想到了一张试验唱片的题目，叫做《被隔离的愤怒》。

"这城市有种堕落的美"？这句歌词我不太明白。

我望着我们在一起的合影。他微微凸起的肚腩，他温和而疲惫的目光。忽然有些心酸。是他说的：女人，应该有风情，男人，就留下风霜吧。

照片里有阳光的温度。

2003 年 9 月 26 日　周五　0：25

当爱情，在没落，这世界，变沙漠。千山万水，没有了你，这天地都是浪费。

沿途风景再美，都比不上在你身边徘徊。

任时光后退，也只希望你在我身边才打开心扉。

我忽然想听一首能让自己哭出来的歌。

也许，生命，是从青涩到苦涩，但是我想把悲伤唱得的清澈。不知道我能不能。

2003 年 9 月 27 日　周六　14：37

天花乱坠，是泡沫，穿过去看，天还是灰蓝色的。是雨季告别时候的表情。

藏爱的心里，有一个泡沫，一点就破。暧昧的眼，寂寞的眼，穿不透……怎么敢爱得沉醉或者任性得与你赤裸面对。

他说，为什么总是看到你穿牛仔裤？一条比一条破，一条比一条旧，一条比一条大？

哦……是吗？

也许，因为我不精致，我还要奔波。我风尘仆仆却自由自在。

在我的牛仔裤上你能找到你要的理想气息吗？黯淡，很旧，耐磨，漫不经心。是它陪伴我一起沾染泥土和露珠，一起呼吸花香和青草味道。

2003 年 10 月 10 日　周五　20：24

走在大街的女子。我看她们的时候，总错觉自己是男子。

一件紫色的旗袍。挂在衣橱里两年了。只穿过一次，为表妹主持婚礼。

同样的旗袍，穿在某些女人身上，是妩媚的气质，是细腰的风韵，是晚会的高贵，而穿在某些女人身上，却是因为生计所迫才披挂上阵站在酒楼门口，像戏服一般造作，或像 K 姐一般带着讨好的诱惑……

赶流行、追时髦都是凑热闹，只要有一颗不甘寂寞的心就能做到，或者你不在意给都市添上一个笑话就行。

只有骨子里的摩登是静悄悄的，繁华的场面背后衬着一抹沉郁的底色。

2003 年 10 月 13 日　周一

今天，我把自己弄得像从动漫里走出来。

头发很乱，风很大。牛仔裤大得可以套下两个我，袖口上的蕾丝多得像公主。

围巾长得在我的脖子上绕两个圈还长，T恤短得妈妈怕我着凉。

笨拙和凌乱、散漫和自由是我擅长的。

不过没有太多人知道我这"优点"。我尽情发挥这优点时通常是在陌生人中，心情大好的时段。就像今天，我去听讲座。有个男生问我是新生哪个系的。他个子高高，像从韩剧里走出来，清新、健康、阳光的模样。

可我的手里已经没有青春。所以我一句话不回答地离开那个座位。

他从远处不断回头望我。终于递来纸条……

我笑笑，永远的青春梦……

2003 年 10 月 14 日　周二　23：00　地下车库

倒车的时候，忽然感觉眼睛剧烈疼痛。

我忽然想，假如自己患上夜盲症也不错。我的眼睛只看到心里想的一切。所以，我有平静知足的微笑。

我从反光镜里看到那个女孩子无比惊讶的目光。因为，当我们并肩走出"上岛咖啡"的时候，我读到了那个艳丽女孩子眼睛里的蔑视，因为我太过学生的穿着。

可是，当我开着我的跑车从她身边擦过的时候，我居然打开车窗，贴着等红灯的她，直到她发现车里面的我。

可现在我后悔刚才的举动了。虽然，我没有势利眼。但是我怎么没有克服小心眼？

2003 年 10 月 15 日　周三　17：00

他又来到我的楼下等我。我害怕让别人知道这个傻乎乎的捧着红玫瑰的人是冲着我来的。因为，他的男人配备中少了我认为最重要的。

他像个扮成将军的小贩。一身戎装下的他，还是不像将军。因为，他的神情还是小贩的小精明与小狡猾。

我是以貌取人吗？

我不能说服自己。

2003 年 10 月 21 日　周二　0：27

今天做直播的时候，我说了几句自己认为很精彩的话。

我说，请你不要总是把我比喻成太阳吧。其实，我更愿意做火柴，做长途跋涉的人口袋里的火柴，能给他迷茫而疲惫的心点一朵希望与信心的火花。

我还说了——我想做一个夏天午后的蚊子，把白日梦里的人从虚幻的甜蜜里叮醒。

当时，雁子在一边给听友回短信呢，听到我的话，忍不住看看我。过了一会儿，她递来一张纸条——你做蚊子？我做一把外婆手中的扇子，可以吗？哈哈，做直播真好玩。

2003 年 11 月 2 日　周日　11：25　车里

我在教堂外等外婆和妈妈做礼拜出来。

我喜欢教堂的气氛，还有金发的圣母温柔而纯洁的表情。可是，我在现实生活中，找不到一个这样的女孩子——她的脸上是无辜、天真，或者淡淡的哀愁，还有自然散发的优雅的感伤。

如果让我遇见她，我会忍不住在她的面前站住，轻轻举起手里的相机。

听说，对于一个修女来说，爱情，是要清洁出去的思绪。因为，她们在进入修道院那天是穿洁白婚纱的，表示自己从此嫁给了基督。

也许，最初的心里是有一点点不甘心的，但是，在寂静的狭窄密室里静修的时间越长应该对于人生看得更加明白，那些缤纷的思绪终于都化成了止水一般的伤感和温柔。

原来，不一定要豪情万丈的无声也可以有如此强大的力量。

我只在电影里听过赞美诗，我想它的庄严和激情能够催化凡人丰富而渺小的心发出真挚的声音。所以，做完礼拜出来的人脸上都有着安静祥和的表情。

2003 年 11 月 3 日　周一

我把自己关在录音棚里一天，关了手机。直到晚上快要做直播的时候才露面。

我对着话筒说了很多话，然后放给自己听。我让自己同时做牧师和忏悔者。在那个过程中，我惊奇地觉得自己好像成熟与坚定了许多。

我仿佛在欲望和物质面前迷茫过了，在命运的捉弄间徘徊过了，有着中年人一样的感伤和沉静，也勇敢地穿插了小孩子的天真与火热，不知不觉间就调匀了坚忍和脆弱。

原来，今天的我和大家玩失踪，不是隔离，而是一种中和。

2003 年 11 月 8 日　　周六

11 月的上海，天气忽冷忽热，我不断地低热，却不能停下手头的工作。昨晚，气温从 26 度骤然降到 10 度，我在做完直播后回家遇到了堵车。快深夜 11 点了呀。

可是，上海从来都是一个不夜城。我想，的确是有人夜夜笙歌把酒狂欢吧？但是，大多数普通人应该都是在继续为生活打拼着。我们没有退路，所以只能勇往直前。

我突然视线模糊，看不清楚前面的路。是我哭了吗？我在十字路口的红灯前给一个还在加班的人打电话。

我说。我们需要一些春风沉醉的晚上了，就像那年拥抱取暖的下雪天……

他说，好的，扔掉一切，我们就出发！

一觉醒来，我发出了惊呼。阳光甜蜜而灿烂地洒下来，连制造出的阴影都是美不胜收。身边的人牵着我的手，拖着我们的箱子，看着我的眼睛里充满了温和与亲昵。我忽然觉得脚下软绵绵的，不知道是因为低热刚刚退去的关系呢还是我有些陶醉于眼前的一切。

虽然没有巴黎的优雅、罗马的霸气……但是，这个城市清洁平和，在碧海蓝天下生机勃勃着，精致的小木屋和一个个美丽的海湾都带着年轻而友好的姿态，让一个背着相机的人有种安全感。好像是在家的气息里多了些新鲜的风景线而已。

2003年11月29日　周六　多云

我觉得自己真是小气鬼。买了一大堆明信片，结果都寄给了自己。我的那些明信片比我晚到家呢。

我觉得我有一点和现在赌气的情绪，还有一点看穿一切的绝望。

虽然我有一颗不能迁就的心，但是对于有些人有些现状，我无力改变，也无心推翻，于是就躲避。

所以，虽然我的闲钱不多，但是，我常常选择躲避。

是谁说的？

——独行，不是要背向人群，俯视他人，而是让我以更宽容的胸怀面对世界，以更善意的姿态回报命运带给我的猝不及防的宠爱。

2003年12月3日　周三　12: 09

他说，早上他问我一件事情，可是，我回答他的时候声音比平时尖，是那种沉浸于内心世界中的人被打扰之后发出的声音。

是什么事？我们都想不起来了。

我常常只在乎自己的世界，却把猜测和遐想留给别人。以前，他总是很担心，不断地问"为什么"，问到我烦躁。

现在他不问了。他知道，我可能在某个陌生的领域里练习和自己相遇，也可能准备故意让自己在熟悉的城市里迷路，或者是在寻找彩虹的第八种颜色。

我18岁的时候，他说："你还没有到有故事的时候，但是我感觉你将来的故事会很精彩。"

他难道有准备做我精彩故事里的男主角?

这么多年来,我给他的都不是标准答案,可他统统照单全收了。

2003 年 12 月 10 日　周三　22：34

他开了 BMW 来到我的楼下。他打个电话,问我有空见一面吗。

像是电影里的情节。

突然,我被击中了。

他继续问,你还是喜欢坐摩托车吗?

不是,我只是想到了那个冬天……我坐在他的摩托车后座上,脸被风吹得生疼。

高架桥过去了,路口还有好多个……总是有人走得太快,找不到同行的人。但是,温柔仍在,寂寞永生。

2003 年 12 月 11 日　周四

很想给你写封情书,用最古老的方式,打开白色的信纸,用黑色的钢笔:

其实是我很迷惑很动荡的时候,只不过一切不露声色地在我的心里翻江倒海。

还有什么不能失去呢?又有什么能够再失去呢?枯叶落下,大雪来临,爱情重生。

我们的故事,大致如此……惊鸿一般短暂,如夏花一样绚烂。

我是苏珊，穿上神给的舞鞋，带我离开这个倦怠的世界，人间的舞会依旧灯火璀璨，我的夜空深蓝寂静，我吻你的一瞬间，想到小时候读的童话《人鱼公主》。

我飞走了，没有疼痛，轻盈地抵达我的甜美深渊。你醒来的时候找不到我会怎样？我爱你，我流泪的爱人，在我最美丽的时候毫无保留地爱过你……我什么也没有带走……我笑着烟飞灰灭……

你的故事可以重新发生，有我的那一段终究会被埋葬。

如果说，一错再错的故事才精彩迭起，我宁愿我们的故事平淡如水。

一切只是如果……

2003 年 12 月 13 日　周六

不留？

我把日子给了你，我把心留给他。

——身心离异的难度系数有多高？

房价在上涨，钻戒在闪耀，私车在发动，风情在异域。咖啡来自巴西，巧克力来自比利时，香水来自巴黎，玫瑰来自荷兰，草莓来在美国的俄勒冈州……爱情成了消费品，婚姻成了按揭单。

请我吃哈根达斯？在弄堂的尽头手举有些融化的绿豆棒冰？爱情的滋味的确有些不一样了。复杂的爱情模式和程序让我站立在爱情的诱惑面前徘徊不前。

情人节来了？没情的也可以找人，有人的就可以过节。

所以我就只能给自己看一部电影。北野武在《玩偶》里将人生的无奈与彻骨的悲凉道尽，每个人都是命运的玩偶。

2003 年 12 月 21 日　周日

灰飞烟灭，全是思想。长出尾巴，一样飞翔。

今天做直播的时候，接到一个女子的电话。她说，关于那个男人，我试图从他身上找寻一些温暖，所以用自己先去交换。可是，他连失望也不曾给我，就直接给我绝望。

我想我当时的回答没有错——

最高的蔑视是无言，而且连眼睛也不转过去。

2003 年 12 月 22 日　周一　19：00

请问你为什么选择登山？

因为山在这里。

你为什么爱我？

因为你让我遇见。

这样精彩的对白，居然是来自你我之间的。

我把它们记录下来，因为你实在是难得说出动听的话来。

下午，我看到你和几个狐朋狗友在讨论做什么事最冒险。登山？滑翔？极限运动？……说什么的都有。

我没有参与。但是我听着你的声音，心里在想：其实，敢感情才是最大的冒险，种种冒险行为大不了一死，但感情的折磨却让人生不如死。

2003 年 12 月 26 日　周五　0：09

哪个是我的最爱？只要碰一碰的那些伤口中哪个最痛？

我想，错了。痛，都是曾经的激越，愈合的伤疤沉默地冷眼旁观着过去的人过去的事情。似是故人来，只在梦中……

2004 年 1 月 3 日　周六　24：23

举家出游，只有我留下来。于是，敢明目张胆地在客厅里抽烟。

我在镜中看到自己。好像是另外一个人。她的小指尖轻轻跷起，悠悠地捉着一杆维多利亚时代的小烟斗。

想起那年在伦敦。伦敦教会我的最后一个动作是：借烟。轻敲玻璃窗，举起手指放在唇上。

我曾经与陌生人不知所云地相对，在描画得极其精致的眉线和唇线之间……旅途的艳遇终究来不及发生。

我在不知不觉中学会了转身的动作。对某些人某些事，这个动作一点儿也不牵强。

那一切，都是我的过客。我是这段路的主角。

隔绝和凋零，都依赖这淡漠的一缕轻烟。

就在今晚，我是我的 DJ，我请自己听派翠西亚凯丝。

这个法国女子略带沙哑的嗓音撩拨着我的心弦。她那么低调那么优雅那么漫不经心，却把我的小小的屋子变成了小酒馆。

2004 年 1 月 11 日　周日

我们的爱情死亡了！

我们的爱情死亡了？

但是，死亡，并不意味着结束，因为一切的一切都已经在某处被永远地记录下来，永远地给予评价。

所以我不后悔。

我开始有了皱纹，每一道皱纹都是蓄满疲惫的，上面落满了沟壑与尘埃。这一路上，爱得那么辛苦，却也值得。

《东邪西毒》里的慕容嫣说："如果有一天我忍不住问你，你一定要骗我。"

所以，你一定不能让我知道，我们的爱情已经死亡了。

可是我想知道……

2004 年 1 月 15 日　周四

他说，很希望在旅途中发生一些什么事情，哪怕是灾难也在所不惜。可是，每一次，都平淡如水。

我喜欢他带着孩子气的表达。

我也常常因为浮躁，才决定出门。当我远走高飞到一个完全陌生的地方，心就动起来，可是那种动的感觉，是飘在干净而新鲜的空气里的。

他还说，旅途中最好的收获是艳遇。然后，永远再见!

我不以为然。如果他有热爱艳遇的心情，也就不会活得那么沉闷和疲惫了。

人生，和旅途毕竟是有太大区别的。我们无法轻易地做到"永远再见"。

有些时间，将会刻进记忆。有些记忆，将会超越时间。

2004 年 1 月 16 日　周五

一个人的周末。我开着车游游荡荡。我的孤单，一向是我一个人的狂欢。

听蒂朵的唱片。蒂朵有着能打动我的声音，很淡漠，却不冷漠。很感性，却透出孩子的稚气纤细。

我想到了一些城市，比如：爱丁堡。在那里，适合一见钟情的爱情发生。

即使没有遭遇爱情，也一样可以和这个艺术气息浓郁的城市本身谈一场恋爱。它错落的小街好像就是为情侣们牵手漫步而存在，汽车不能从这里呼啸而过。

艺术，在这里变得平常，因为它和日常生活紧密地连在一起了。

苏格兰短裙、风笛，在云淡风轻的夜晚迎面飘来，一切古老的传说和梦想的奇异都变成真实而随意的美景。

2004 年 1 月 17 日　周六

他不断地在旅途中给我电话。我可以顺着他干巴巴的描述想象他在远方的样子：罗马夏日的黄昏。许愿池里沉满了愿望的尸体。他学着别人的样子漫不经心地投进了一个微不足道的硬币。

我甚至仿佛看到那些生锈的钱币上爬着青苔，簇新的钱币则以暧昧的神色望着他。

可我不知道他会许下什么愿望。这里有全世界最稠密的愿望。每个愿望里面曾经藏着一个怎样的灵魂？

那灵魂也许将储存着永远的秘密。

2004 年 1 月 25 日　周日　大年初四

午夜 12 点。我在高架上停车。

月光洒在斑马线上。耳边传来零星的鞭炮声。突然有烟花绽开在半空。淡淡的火药味道飘过来……我就这样庆祝我的新年我的生日。

一个人，在城市的半空，车里橘黄的指示灯亮着，显示外面的温度是零下 6 度。

你那边是夏天，你说朋友们在海滩边喝啤酒跳舞，离浪花很近离星星很近，可是离我很远。

我们的线已经很细了，现在还有韧性，但是我不知道什么时候会断。我们失去了今年所有的节日……

《取暖》的粤语版叫《最冷一天》。张国荣唱得百转千回：

我们拥抱着就能取暖，我们依偎着就能生存，即使在冰天雪地的人间遗失身份，即使在茫茫人海中就要沉沦……

2004 年 1 月 27 日　　大年初六

　　我们已经超越了爱的极限。可是，爱的极限是什么？你不要苦苦地追问我，因为我说不清楚。我只是在心里知道，我是你的永远。你却是游离的。

　　爱情像风景，婚姻似建筑。所以，我想要一个看得见风景的房间就好。我想，我太自私了。

2004 年 1 月 29 日　　周四

　　不要给我绝望的回首了，狂欢只在未来。你给予我的是一个契机，却没有给我力量的援助。所以契机，是我单独创造的。没有必要告诉你。我用安静少语和生活刻意保持距离。

　　我买了一顶牛仔帽，可是我变不成真正的西部牛仔。在费城北部，很容易见到那些以马为出行工具的黑人牛仔，他们可能是医生、生意人、工人或者别的什么职业人，但是跨上马背，他们就是最单纯的牛仔。

　　我想做这样的牛仔，午餐后在阳光下悠闲地吹牛，享受竞技时战栗的激情，珍惜相依为命的情谊……

2004 年 1 月 31 日　　周六

　　我有了白发。他的手穿过我的头发时发现的。他抱着我，他说，认识你的时候，你还是一个穿了红色绒线小裙子的小丫头。你只有三岁呢，冲着我晃着脑袋笑。

我的指甲莫名其妙地断裂。没有出血，可是碰到冷水就钻心地痛。这样单纯的疼痛反而让我忘记反复纠缠的疼痛。

临睡前，有人给我一个短信，希望我"温柔地爱、开怀地笑、天真地醉、安心地睡"。

我能吗？我失眠了很久，却是为了考虑怎样才能"安心地睡"？

阳光很好的上午十点，我出门。让大家看到我总是"开怀地笑"……

2004年2月2日　周一　阳光灿烂

望着窗外那么好的阳光，我却失去与人交往的欲望。

我的头的确昏昏沉沉。又是一个低潮期的来临。我对自己说，没事，没事，很快过去了。

影子来电话说，你上午可以不来电台，在家里睡觉。我会打理好一切的。这小姑娘啊，来到我身边的时候，还是一个穿了白衬衫、黑色背带裤的学生。可是几年一晃而过，她现在的干练和沉着已经超越了她的实际年龄。

我常常对自己说，你拼命催化她的成长——是爱她还是害她呢？单纯的心比较容易体会快乐，可是成长带来的代价太大了。

2004 年 2 月 3 日　周二

　　我在家里转频道。我想体会一下看电视的无聊快乐。我拿着遥控器随意按来按去。我好像已经很多年没有看电视了。

　　夜晚的时间，不是看书，就是在咖啡馆里写字……我的生活居然那么枯燥！曾经说给几个朋友听，一个人在电话那头哈哈大笑，说"你别装了"，还有一个人说："你会闷出病来的。"另一个人说："哦，你是因为没有男朋友的关系吧？我不错的，我可以陪你看电视。"……

　　可是，我觉得我挺好的。

　　今天，只是突发奇想。

　　有个节目在介绍 F1。F1 的决赛过程中赛车必须视轮胎的磨损和油耗的状态进入维修站换胎以及加油，这成为 pit stop。一次的 pit stop 需要 21 个人才能完成。以现今的 F1 车队水准来说，一个团队可以在 7 秒钟里完成换胎并且加满 60 公升的汽油。

　　我忽然想到了一些人的存在，他们让我完成一次次最有效率的 pit stop。而最终站在领奖台上的还是我。

　　我为什么要抱怨？

　　明天我要继续我枯燥的生活了。

2004 年 2 月 7 日　周三　多云

　　也算是相亲。

　　他在等我的时候，大概看了我的几页小说，见到我就问，你为什么把恋爱比作战争？

我说，在战争中不可能实现的就是"零阵亡"。枪炮之战和玫瑰之战是一样的道理。

他一脸茫然。

我心里想：算了，反正我们之间是不可能玫瑰之战的。没有交战的可能。我客气地说，我那些风花雪月的东西，你就别在意了。我欠身微笑，告退。

女友说："你就这样不负责任地把一个老实人'枪毙'了？"

"哪里，哪里，我不能害人家呀。"

2004 年 2 月 9 日　周末　22：09

我上个月曾经给果冻总结了她嫁不掉的原因——

你要对方是个李嘉诚，还是年轻版的，你自己最起码也要长得像李嘉欣吧？还不能是无脑型的。怎么可能呢？

所以，今天，她听我汇报了一下前天短暂的相亲经历后，觉得报复我的时间终于到了。

于是，写来 E-mail 一封，主题为——给你的忠告；内容为：

男人心虚的反应常有两种：献殷勤和耍无赖！

婚姻是难度最高的爱情，因为必须边啃面包边谈它！

别坚信，如果你嫁了一个人会比现在更幸福！

做个智能的女人，要懂得如何去爱一个男人和他的钱！

不用怀疑，顺着红地毯的方向就能轻易地走到厨房!

2004 年 2 月 10 日　周六

我让他带一棵大白菜回来，他居然顺带了一枝玫瑰花……

我太惊讶了。

我默默地想，谢谢你善待我们的爱情。因为爱情不会一辈子跟着一对男女。可是我没有说出来。

2004 年 2 月 12 日　周四

我看了一篇报道写我——阳阳的精神就是不给阳光也灿烂。

是吗? 如果可能，我倒是的确希望:"阳阳"两个字出现在字典里，是个形容词，用来形容给别人感叹号和省略号的女子。

2004 年 2 月 14 日　周六

大概是梦游的时候遇见了你。

你在抽烟是吗?

你怎么知道?

你感动了一座城市，城市染上了烟瘾。

《镜花缘》已经到了"行舞"篇，而我的状态已经到了"眠航"……

我还看到了漫无边际的远处闪出一点红。像黑暗里的烟头。

　　我要打翻日常的温和。出位和另类的境界，我迷恋。

　　那好，每天晚上，让我带你去看黑夜的样子。

　　不行，我不能跟你走。

2004 年 2 月 15 日　周日

　　我把我的人生分成一段一段地过。我想嫁了。所以不会再东张西望。

　　过去了，痛得想死去的夜晚。我醒来的早晨，阳光晃眼，天空蓝而透明。外面想必天寒地冻，所以窗玻璃上满是水汽。用手画出一张脸的模样，望出去……

　　是新鲜生活的开始吗？

　　当真告别那么多熟悉的疼痛？

　　当真要日复一日这样的生活？

　　窗外，一只白色的塑料袋被大风卷着飞到很远很远，出离我的视线。窗玻璃上的那张脸模糊了。

2004 年 2 月 16 日　周一　1：23AM

　　果冻失恋了。

　　那个男人曾说："我是一把钥匙，想打开你的锁。"

　　可是我们都没有想到，他是一把万能钥匙，他可以打开所有的锁。

2004 年 2 月 22 日　周日　。云

今天我一个人去看家具展览。我喜欢上一些很特别的椅子。可是最终没有买。

男人，像椅子，不能一直靠着赖着，只能偶尔坐坐让你休息一下。

有些椅子，设计精妙，但是过于艺术，坐着不舒服；有些椅子根本不能负重，更大的作用在于装饰与被欣赏；太难看的椅子，大约天性浪漫的女人也不甘心要回来；而当你累的时候，也不能同时坐两把心仪的椅子……

再美的东西都会让你产生审美疲劳，再丑的东西加入了情感的温度都会闪光。

2004 年 2 月 24 日　周二　　24：55

我在长途电话里对弟弟说我非常伤心，因为我梦见了一只不吉祥的黑乌鸦，它在梦境的天空里盘旋、冲着我嘶哑地叫唤。

弟弟在伦敦，笑声里却有着夏天的意大利的阳光味道。他说，电台气象预报员告诉大家，明天有大太阳，气温 25 度，是少有的好天气呢。市民们都说那是因为一个在 40 年前用石头砸死一只黑乌鸦的卫士，赶在自己去见死神前向牧师作了忏悔。要知道，黑乌鸦是伦敦塔的吉祥象征……

好吧。虽然，我的膝关节伤还没有好，但是我要去伦敦，体验一下冬天的雾都将带给我的隐隐酸痛，去看看那吉祥的黑乌鸦。

2004 年 2 月 29 日　18:57

他说，你到现在还不愿意嫁给我吗？你到底是什么？你到底在想什么？

我的一半是海水，另一半是火焰。

我的一半是魔鬼，一半是天使。

我的一半是女人，一半是小孩。

我是你的女人，也是你的兄弟。

他有些生气了，轻轻挂了电话。他总是把自己的情绪藏得很好。

可是对于我的不知所云，我也无能为力。

今天是二月的最后一天了。记得，去年二月的最后一天，他求婚的时候，笑嘻嘻地说："我嫁给你呀，明年 2 月 30 日吧。"

2004 年 3 月 2 日　周二

听山口百惠的歌曲。想起她单纯的小眼睛以及无邪的笑容。我喜欢这样的女子。有一次在咖啡馆里听一个男人说起百惠的自传小说。他用男人的语言描述她想嫁给他的一刻。我的心被触动了。

百惠回忆她当时和三浦友和拍戏的场景。

在北海道的冰天雪地里。我突然感觉如此安静和温暖。第一次那么近地靠近一个男人的心脏。我想，如果能够一辈子聆听她这样的心跳该多好。

可是果冻哀伤地对我说，他娶我，爱，只是一个小小的因素。甚至也许可以忽略。

2004 年 3 月 3 日　周三

我笑他，你是那种点了火就跑的人。

他有点狡黠地笑了，将得意掩饰得很好。

可是，你忘了看一下，是否真的点着了火，就跑了。你跑得太快了。

他还是这样的笑容，将尴尬掩饰得很好。

2004 年 3 月 5 日　周五

报纸上说，新的离婚证上都印上了"喜"字。

哦，这世界，流行分手快乐!

2004 年 3 月 9 日　周二

他终于去了美国。

读书的时候，记得有一次，他在图书馆里碰到我，对我说过："要做一个乐观、天真的美国人，才能在荒芜的土地上赤手空拳地种出奢华绚丽的花朵。"

他相信强大而天真的美国梦。就算摘不到星星，但是至少不会弄脏自己的手。

我很为他高兴。那天为他送行时，我笑："你的第一站不会是拉斯维加斯吧？"

今天早上，我收到他的邮件，他说：

在贫瘠沙漠上矗立起来的娱乐城，本身就是一个美国梦的成功典范。毕竟，对于拉斯维加斯而言，繁华的象征也好、堕落的深渊也罢，众说纷纭的诠释与解读，又与它何干呢？

我还他几个字：江山易改，本性难移。

2004 年 3 月 11 日　阴

我梦见自己在芳草馥郁的乡村。穿格子棉布裙子。在炊烟升起的时候等在那条小路上。我们家的大白鹅排好整齐的队伍摇摇摆摆上回家的路了。

醒来的时候，看到这样的邮件：我喜欢华尔街的美食摊，因为它令这条全球最昂贵的小街平添了几分人情味。温馨的细节让我们想念上海的生活。

对于亚当而言，天堂是他的家，可是对于亚当的后裔而言，家才是我们的天堂。

阴冷的日子里，我也愿意顶着蒙蒙细雨去寻找矢车菊和常春藤，即使只采到了灯心草和勿忘我。

安徒生就是在收到了小小女孩丝坦波从森林里采来的一篮子沼泽植物后，将这个细节动情地写进日记呢。

2004 年 3 月 15 日　　周一

我们一起煮牛排，你煮一半，我煮一半。

我把这里布置得像我们的新房，却是为了一场永远不能举行的婚礼。

我将换上婚纱，画好幸福的脸谱。大概脸谱画久了，会变成真的。

教堂的钟声很遥远。我像站在寂寞舞台的中央，听到了自己微弱而清晰的独白。

当我说出"我愿意"的时候，我的眼睛望向人群中的你。你的表情太模糊……

2004 年 3 月 23 日　　周二

2004 年的春天已经来了。却是冬天的寒冷。

终于爱到死心断念，选择离开。

一切尘埃落定？！ 请允许我尘埃落定。那是我对我们的温柔救赎。

我把自己裹在黑色的外套里，笑着说"再见"。满天黄叶的纷飞，街灯照出你的车牌号码，旅馆门口还留着笑着离开的神态。

四、锦衣夜行

锦衣夜行，何必需要观众！

写意西藏

西藏，怎么可以用写意来形容？西藏，应该是和神秘、原始连在一起的。

可是，我所触摸到的真的是一个写意的西藏。提出"Feel Tibet, Touch Tibet"这个概念的是做西藏旅游的行家，我的朋友王继萍小姐。我临行前没有见她，但是我想象她披着西藏特色的彩条大披肩，甩甩如三毛一般的长发对我说："去吧，去全心地触摸西藏感觉西藏，她真的很写意。"

我相信了她，于是我没有带上睡袋军刀之类的，披了漂亮的披肩飞到拉萨。我等待我的高原反应来临，然后消失。可是，我的高原反应始终不来。

我也不知道，自己为什么总是选择一些孤独的表达方式。我的西藏之旅明明是充满喜悦和温馨的。我却无法在

同伴面前表达出来。回到上海后，才寄出一些卡片和我以前写的小说表达当面说不出来的话。

我承认，我的大部分的出行旅游是和度假散心享受有关，实在是非常普通。没有故事，更和探险相差十万八千里。我也不想编造。

可我发现现在有些人喜欢一走路就说"徒步"，一外出就说"探险"。远行的人总是有机会和权利说谎。难怪我的女友开玩笑说："我从出租车上下来，徒步5米，进大楼乘电梯。哈哈……"

罗布尼玛

西藏的太阳灿烂得歹毒——导游的这个比喻很妙。

美丽的高原红，指的是西藏女孩子脸颊上被晒出的红印。她曾经被搬上了T型舞台，在这里随处可见。看来，最时尚前卫的原来是最自然原始的。

罗布的藏语意思是"宝贝"，尼玛的意思为"太阳"。到西藏的第二天就有人叫我这两个名字。

"吃呆症"

我没有患上高原痴呆症,却得了拉萨"吃呆症"。川味小火锅、清真烤肉串、山东饺子馆、印度的咖喱舶来餐、尼泊尔的甜茶玛莎拉地、浓郁的牦牛奶做的酸奶、清淡的拉萨啤酒……总之减肥是不可能了。能保证不增肥也难。

吃呆后的选择可以是到大昭寺的房顶上晒太阳或者去八角街兜兜转转淘宝,再或者和藏民们一起蹲在墙角晒太阳抽烟也不错。当然,大家都抽大前门,你也别拿出中华牌吧。拥有的是颗平常心,是颗沉得下来的心才是。

东南拐角处,一座黄色的二层小楼,墙上的藏族女孩好像在痴情等待,大门上写着Restaurant字样,边上的小门上有Makye Ame字样。这就是玛吉阿米餐吧。厨师来自尼泊尔。极具异国情调。

有无数抒情与感慨被写在留言本上,甚至是稀奇古怪的涂鸦和征婚启事。你也可以写一条。

我在那里买了明信片,想寄回上海。我莫名其妙地想起《月亮和六个便士》里

的片段："如果他是跟一个女人跑了，我自信还能让他回来，但是如果他不是因为恋爱跑掉的，一切就完了。"写给谁呢？

你喜欢不如我喜欢。我写给了自己。那是一个也许有机会实现的念头：一个人的私奔……

八角街

其实，通常讲的"八角街"应该是"八廓街"。"八廓"是藏语的发音，意思是围绕大昭寺的街道。"廓"的藏语意思是"圆圈"，指的就是"转经"。

紧邻大昭寺的转经道是拉萨每天人流量最高的地方。做生意的康巴，修行的僧侣，磕等身长头的朝圣者，各异的游客，白墙黑窗的藏式老民宅，狭窄迷宫般的小巷，藏民必备的生活与宗教用品，尼泊尔和印度特色的希奇古怪的商品……这里美不胜收。

所以，后来有人分析得出结论：我没有高原反应是因为一下飞机先来这里的关系。忘了高原反应，只知道为这里的琳琅满目晕眩了。

顺时针逛街是种尊重，遇到藏人多说几句"扎西德勒"，购买绿松石前要冷静，想拍藏民准备零钱……做一名

看客，随人流而动的感觉很不错。

我在八角街邮局给朋友寄明信片，得到了八角街字样的邮戳。朋友的明信片上写："I love U（应老婆要求而写）I miss U（应老婆威胁而写）。"因为他的老婆是英国人，不懂中文。

同行的女友在明信片上写："相传7世纪，松赞干布为迎娶文成公主建造了布达拉宫。那么，21世纪，你为迎娶我也在建造了什么宫？"她告诉我，他们的"宫"是共同贷款拿到的，全装潢的毕竟省心不少。彼此谁也不欠谁，万一日后离婚分割财产也没有纠葛。所以，上海又多了两个思路清晰善于理财的百万"负"翁。

大昭寺的酥油灯千年不熄，八廓街却早已人流如织。文明和发展永远和毁灭失望同在。我们要承受。

某些改变终究是要来临，连五体投地的朝圣都不能阻

四、锦衣夜行 ➤

挡历史滚滚的车轮将我们带向未知的未来。

我又何必空叹息空抒情。

听一张唱片。在八角外街买来。从印度民间收集来的音乐，东方的、妖娆的，让我联想穿着华丽的印度女子披着纱丽翩翩歌舞，和情郎眉目传情，那些音乐像一支点燃的印度香，缠缠绕绕地飘入我的梦，悄无声息地侵入我的骨髓……

大昭寺

这就是大昭寺：

巍然矗立的古柱被时间打磨了所有的棱角，转经筒从清晨到日暮不停歇地发出轮转的声响，忽隐忽现的酥油灯映现着人们虔诚的目光，慈眉善目的佛聆听着信徒心中和口中诵念的经文和愿望，璎珞阻隔不了阳光的照射，帷幔后是如此一个金碧辉煌的大千世界啊。

有人托我许愿，许愿她的最爱能够和她永远厮守。我

做了。可是，我依然
不清楚：什么是最
爱？最爱是永远得
不到的承诺还是触
手可及的关怀？最
爱是来世的亲吻还
是当下的怀抱？

　　有背包客说，如
果你不曾到大昭寺的鎏金殿顶坐一坐，眺望一下与之遥相
呼应的布达拉宫以及广场上的芸芸众生，你就不算是一名
懂得拉萨的游客。

　　可是，如果你这样做了，你也只是一名匆匆的游客。

　　在大昭寺前，我们看人来人往，成了彼此的风景。但
是，我有种预感：即便是匆匆的游走，也会在将来的某一
天定格、回放。

中　秋

　　今晚，我住在泽当镇，听说要断电。我慌忙拿出蜡烛
和手电筒。气体打火机是打不着火的。我的ZIPPO还能让
我抽上雪茄。少了点爵士也没有什么不妥。

　　九点，拉萨的夜晚刚刚来临。我的嗓子干疼，让我联
想起白天经过的雅鲁藏布江那一段干涸的水床以及长了多
少年才只有一米多高的杨树。阳光下的尘土好像又迎面袭
来很呛人。

对于上海来说，我失踪了一些日子，别人也看不出我的改变。

我没有高原反应，却开始失眠。等待天亮，我要从泽当去加查。床头的绿茶有点凉了。我不断地喝水。

我把日历给了你，我把日记给了他。我并不想念上海诱惑的街。我却想念上海寂寞的人。

我在拉萨过中秋，没有看到圆月。其实，我更喜欢不圆的月亮，有点残缺的美丽更让人刻骨铭心。在温柔的月色下，我要轻轻触摸我的西藏，感觉我的西藏。

我来西藏，不是为了挑战大自然、挑战极限的。我只想把自己轻轻投入他的怀抱，呼吸这里的空气，体会这里的温度。

终于，我听到了鸡叫，有人在开窗户。小镇醒来的方式和上海也是不同的。收到好友的短信："如果你真的缺氧厉害，记得找个帅哥做人工呼吸啊。"我笑出声来。

话说回来，假如，我的爱情在西藏上演，大概有可能实现永远。

永远，在都市里，是靠忽略与忍耐而换来的。

永远，在西藏，是因为我们的心还来不及改变。

永远，只在于日月星辰。

但是我不明白："忍"，是否就是"温柔的慈悲"？"心里明白却不动声色"，也能称为"稳定"吗？

我有一条轨道，却有一颗不稳定的心，但是，我会在那条轨道上行走得让别人羡慕。我并不是一个艺术化、抽象化的人，所以在高度实用化和工业化的城市里生活，我一样游刃有余。

彩 虹

2004年10月2日，我从泽当去加查，从山北到山南。我们驾驶的是TOYOTA越野车。140公里的路，我们整整走了七个小时。据说，这不算很坏。盘山公路的弯道没有多到把人甩晕，车轮距离悬崖还是有一米来宽。

一路风景独好，沙丘、绿树、灌木、金黄的落叶以及不知名的一片片野花……这里，不像西藏。或者说，我见到的是我的西藏。

整整一天，几乎什么都遇上了。早晨阴天，起雾，一片白茫茫，每次拐弯的时候，就担心司机一不小心就把车开下了悬崖，中午难以抵挡曝晒的干燥炎热，脱到只剩短袖，可是过了一会儿，又下雨了，随后是飘雪，最后干脆遇上了冰雹，打得窗玻璃吧嗒吧嗒作响。我套上了大红的棉袄。这件棉袄上绣满了太阳，我去年在尼泊尔的时候想买却没有我穿的尺寸，想不到它也和我一样翻过喜

马拉雅山来到了西藏，被我在八角街逮到。原来，能穿上一件衣服，也是看缘分的呀。

七个小时，春夏秋冬都有了。忽然想到一句歌词：秋天当是完美，倘若有你。一个"倘若"道出了无限凄凉。

我裹着棉袄，靠在窗边。

不知不觉中，车停了。睡意朦胧中听到有人欢呼：彩虹！

是的，彩虹，而且还有三道彩虹，重重叠叠，奇幻地挂在空中，和经幡交相辉映。雪域高原的经幡，代表着灵魂向天，与神共舞。树上、岩石上、原野上、峡谷里、神山上、圣湖边……到处都是。蓝、白、红、绿、黄，分别象征蓝天、白云、雷、水和我们赖以生存的土地。这是藏民的精神天空。

风雨过后不一定有美好的天空，不是所有天晴都会有彩虹，但是，今天我的确见到了彩虹，而且是三道彩虹。所以，我知道我会有很多幸运。

但愿，所有的美梦可以成真……

　　我去拍彩虹，我想记录吉祥与好运。有人沉默地把我当时的模样统统拍下。这成了我此次旅途中最喜欢的几张照片。我想为那摄影师改变歌词：秋天当是完美，因为有你。是的，我很多情……只在心里……

　　我喜欢自己有彩虹一般的笑容，在天边，因为遥远的距离，灿烂不那么刺眼与直接，而是含蓄、温柔地蔓延在我的梦境深沉处。

　　也是因为那天的彩虹，当我返回拉萨的时候，为自己购买了整整一打式样完全相同、颜色不一的彩条衬衫，牦牛骨的纽扣，棉麻的质地。

　　我只舍得送出去一件。但是，我想，他会觉得那么古怪的一件衣服，在上海的办公室里怎么可以穿？

四、锦衣夜行

夜　宿

　　但愿：房间不同，睡眠却是一样。

　　居然夜宿兵站。我拎着行李进了一扇关不掉的门。回头望望停在兵站操场上的越野车，生出几丝安全感。

　　想起一位背包客的话"每天和不同的人睡在不同的房间。谁说我是独行客？天下谁人不识君？"今夜，我也不得不用"海内存知己，天涯若比邻"来鼓励自己。

　　听说，在西藏，有一个用来抽烟的走廊，有一张破旧却不至于塌下的床铺，有一条散发浓郁酥油茶味道的被子，有一个随时会灭的灯，哪怕只有一壶开水，只要不遇到白眼就满足了。

　　对比眼下，我能住在兵站是何等的幸运。

　　兵站的通铺呈现一片欢天喜地，与其说是客房，不如说是寝室，让我又仿佛回到了住宿的大学时代。门里，整齐而清洁的被褥让满身尘埃的我都不好意思睡。门外，彻夜亮灯。有小战士送来热水，他的友好让我觉得安心了很多。他说，放心，我为你义务站岗。小战士来自杭州，他第三次来送水的时候，轻轻地说了一句："回

家太远了。"大概是喃喃自语吧，可是我听到了，我忽然想到了一首叫《橄榄树》的歌"不要问我从哪里来，我的故乡在远方，为什么流浪？流浪远方……"于是我们坐在操场的灯下聊天。我拿出了带上路的西湖龙井茶叶。茶香刚飘出，他把脑袋伏在膝盖上。

你哭了吗？我不想知道。在昏暗的灯光下，在气温接近零度的操场上……

村　庄

从林芝去巴松措的路上，常常看到成群的牦牛和羊在路上溜达。我们的司机却不太按喇叭，耐心地等待他们旁若无人地穿过马路。

路经的小村庄像极了阿尔卑斯山下的德国农村，一派田园牧歌的温馨。彩色的窗格子、窗台前鲜花和屋顶都在告诉你藏民与大自然融为一体的乐观与知足。炊烟袅袅升起，居然让我想到了一个抽烟的年轻男人，他茫然所思的表情以及烟斗里淡淡的巧克力味道。

是这一切，没有让地理环境的恶劣与艰苦把人们击倒。忧伤没有沦落为哀伤就是美丽的。像我一样，我觉得：只要在不伤害别人的前提下传递情绪的暗淡就没有大碍，我们需要用恬淡来缝合承受苦难之后的痛楚，将黑色柔化。

当我们的车经过的时候，小孩子和妇女们都在热情地招手，他们的表情兴奋又羞涩。

回到上海的时候，将这段 DV 剪辑出来。深夜里一个人观看，不禁为这些画面配上了一首歌：

"他们蓝色的梦睡在静静驶过的小车里，漂亮的孩子迷失在小路上，这是一个永恒美丽的生活，没有眼泪没有哀伤……"

纳木措

多少次，我们为了追赶别处的繁华，张开双臂，一路狂奔，哪怕只是到王子的盛宴上看一眼，也是全力以赴作好物质的跟进。可是，这一次的奔赴，只有关于我的心。

因为大雪，纳木措在我们到来之前被封山。可是我想好了，如果车开不进去，我宁愿走进去。也算是真正体会一下"徒步"的滋味。

在西藏古老的神话里，念青唐古拉山和纳木措是神山圣湖，是生死相依的情人。我错过了神山，我不想再错过圣湖。

　　也许是我的勇气和虔诚感化了圣湖，大雪居然在我们到山口前融化。

　　踏雪寻湖的感觉很美。其实，你可以和我一样试一试大雪的温度：并不是冰冷的，而是像和情人拥抱后的余温。在雪山的怀抱里，我看到了眼前平静的湖水。她像一个被无数人期待却仍然孤独的女子。你离她那么近，可是永远在她的气息边缘，进不去也出不来。

　　假如有一天你也去纳木措，记得骑着牧民的马儿去蓝色的湖水里徜徉一圈，和俏皮而朴实的牧民说几句；记得在斜阳里倚石抽雪茄取暖；记得在冰天雪地里望一望星空，那在童话里才有的星空；记得对着这汪可以把黑头发染蓝的湖水说一个压在心里很久的秘密。

隐秘的莲花

　　林芝，在藏语里的意思是"太阳的宝座"。林芝让我忘记了自己在西藏。所以，我说不出来，我究竟是爱还是不爱林芝。

　　这里平均海拔3000米，最低海拔只有900米，林海绵延、绿意盎然，雅鲁藏布江越过崇山峻岭，变成了布拉马普特拉河，缠绕于喜马拉雅山。绵延的雪山笼罩着原始又神秘的门巴和珞巴少数民族，久远的图腾、本教与盛行的藏传佛教隐隐呼应。在我来林芝前，有人对我说，林芝恰

四、锦衣夜行

似一朵隐秘的莲花。

可是，我心中隐秘的莲花是墨脱。

听来浪漫，墨脱实则是全国唯一不通公路的县。所以，前往墨脱只能徒步进入。打绑腿看来很必要，长时间的步行要防止静脉曲张浮肿，顺便挡一挡蚂蟥侵袭，再体验一下当红军二万五千里长征的感觉。墨脱环境潮湿，一下雨，更是四野泥泞，引来跳蚤和蛇，所以还得带上防虫水和抗过敏药以及蛇药。在背包客的日记里写道"几小时的爬山让人腰腿酸软，一路嚼西洋参也无济于事，几乎累得想把双腿留下了事。"

我没有走向墨脱。我想把新的奇迹留到下一个爆发的计划中。

我的朋友说，墨脱最大的好看就是什么也没得看。正是我喜欢的萧瑟和凋零。不用我用语言表白。我的坚强与脆弱，我的无所谓与狂热的爱，将在离你很远的墨脱，独自成长。

告　别

"我的头上戴满绿松石，住在离太阳最近的地方，只要你愿意叫我尼玛或者罗布，我就可以扔掉我那辆跑车。"我笑意盈盈地对着镜头说话。

可是，关于西藏，明天就要离去，我还能记录什么呢？

离开拉萨的时候，正下雨。

不是下雨的季节，大概是因为我告别的心。

我不想留下几张呆若木鸡般的照片和一堆供吹牛用的添油加醋的东西。所以我的旅行，总是贯穿着一些牵扯。那些被冷淡、被关闭的感觉都会来拥抱我，紧紧地拥抱我。

你可以说我根本没有到过西藏。因为，我几乎不曾经历传说中西藏的苦难与震撼。

比如：我本来想去仲巴，仲巴的藏语意思是"野牦牛出没的地方"。老仲巴是一个几乎被废弃的小镇，残垣断壁风雨飘摇苍凉一片，野狗嚎叫，零落的几户人家好像在等待救援。有个背包客对我说，颠簸的路况居然把他的录音笔和数码相机震坏。

——这是大部分人想象里的西藏。我没有体验。我喜欢留一些遗憾，因为可以再来。

越多的空白值得我去填充。我愿意在荒芜的土地上种植鲜花，让他们盛开！

四、锦衣夜行

想 念

　　回到上海，好像经历了一场时空交错。坐进我的跑车，发动引擎，居然忘记如何打开敞篷。

　　开出虹桥机场，宛如进入似曾相识的梦境。这里是我生活的地方，却如此的陌生。

　　我似乎还能感觉到清澈碧蓝的天空和大朵大朵的白云，瞬间他们又幻化成灿烂的星空，星星低低地朝我甜美地笑、调皮地眨眼。眼前的霓虹灯照亮了夜空，我看不到星星。

　　这是我熟悉的上海的夜色。我选择这个方向回来了。巨大的伤感奔涌而来，遭遇红灯的十字路口，我耐心等待着伤感过去，然后尽情地欢笑。

上一站，南非……

　　出了机场，遇见大雪纷飞。出租车司机抱怨着：这个春节没有一天是有太阳的……我很疲倦，心里有很多话想说，却不是对这个人说。

　　我想，在他眼里，这个远行回来的女孩子至少也是个半疯子。一身黑色，很耐脏的颜色。一条豹纹围巾，是在30度的好望角身上所有的包装了。一双凉鞋，陪伴我走到黑人贫民区。箱子比人还大，里面装有印达巴的礼物。

　　我和我第一天寄出的明信片同时到家：

　　"那么长的时差，那么远的距离，那么灿烂的城市"。

　　"走那么远，不是为了诱惑，不是为了炫耀，也不是为了欲望，我只是想听听内心的声音"。

　　"黑夜里，美丽的星空张开双臂拥抱抚慰着这片伤痕累累的大地。南非有着与生俱来的原罪必须背负。我正在倾听这首吟唱于非洲南端的苍凉之歌"。

　　看着这些明信片，我找出乔治·迈克的唱片，那么渴望听一听他的《基督的孩子》。南非给了我那么多的阳光，回忆南非居然是这样的基调，阴郁温柔，充满慈悲。

他的歌声提醒我，南非，已经成了上一站。

2月8日除夕
出　发

我的棉麻布彩条衫是从西藏带回。我的军装是尼泊尔的朋友送的。我发丝间的香草烟丝味道是留在上海的你的气息。

我刻着每一段前路的标记走入下一站。人生却没有办法如此快速地从一段情感里抽身而走投入下一段。

2004年的中秋，我在西藏度过。2005年的春节，我又远离家人。有人不解地问我，究竟为什么在团圆的日子里，你总是选择缺陷？

这不是我的选择。这是上帝的安排。你应该陪我站在神的这一边。

旅行笔记

飞机起飞的时候，我感觉到冬天的离开。我正向南半球的夏天飞去。

吻别的时候，你应该可以尝到我甜醇雪茄的味道。你转身的刹那，我的眼泪就掉下来，涩涩的，像眼前乌龙茶的基调。

饮食男女说爱情只是一锅汤而已。而这文火慢炖的汤，是怎样的滋味？滴落泪

水会太咸吗？打翻醋碟又太酸不是吗？

你说，走了，真的走了，重复了很多遍才走。就算结局的确还是走了，你留恋的姿态仍是对我的安慰。

关于我们的未来，设计得再美也是梦的一部分，而所谓的原罪，才是我们真正的历史。我的历史已经改写。为了卸下原罪，死过一次。

我们如此黏稠的情感和挥霍不尽的享用，却是一个不祥的预兆：这一切，都是为了一场告别的聚会。

我知道我将抵抗三万英尺的想念，经历十八小时的空中航程，才能够抵达那个陌生的阳光灿烂的国家。蝴蝶能飞那么远吗？曾经我是多么喜欢那首歌：蝴蝶飞不过沧海，有谁忍心责怪？两只蝴蝶一起飞，就算落入沧海也是幸福。

在吉隆坡转机的时候，我无所事事地走来走去，买木瓜汁喝。身边的黑人兴致勃勃地和我说话，我费力地听懂他的英文，有一句没一句地搭上话。

大概是我们都想从对方身上找到新鲜的话题，赶走睡意，结果都是失望，只能友好地说声"bye"。因为说了再见，仍然坐在原来的位置，却可以理所当然地不说话。

我拿出我的牛筋纸笔记本。听说，写在牛筋纸上的字是不会褪色的，所以我用它来做旅行笔记。

我想好了，不用它来记录爱情。物是人非、情意流逝

四、锦衣夜行

的那一天，留下这些文字仪式，怕变成刺青一般的悼念。

然而，写着写着，旅行笔记还是变成了爱情笔记。这是后来才发现的。

夜班机

夜班机要凌晨一点才起飞，终于有人在机场就睡去。那个女孩倒在男人的怀里，昏昏然，像只没有担心顾虑的小猫，蜷缩着柔软的身子。单身出来的女子就要时刻保持警惕了。从开始出来就被告诫：你要去的南非，特别是那个约翰内斯堡，可是全球犯罪率最高的城市。好啊好啊，我一定劫持个帅哥回来。

有一排空姐神采奕奕地走出来，他们的高跟鞋敲打着大理石地板，在空荡荡的大厅里响起有节奏的声音。

我抽最后一根烟，然后去找第 23 号登记口。

我喜欢长时间的坐飞机。长时间，总是给我带来安心的感受。我一样可以在轰鸣声中入睡的。

机舱里干燥而闷热，我好像看到自己的身体和灵魂像花瓣一样逐层打开，

我不停地喝水，喝水。脱了鞋子，光着脚蜷缩在位子上。脑子里浮现你欲言又止的表情。

我从旅行包里取出一瓶木瓜汁。那是刚才在机场买的；现在还是冰冻的新鲜的。我多么喜欢木瓜艳红妩媚的颜色和生动俏劲的英文发音呀：Papaya——读音多像"爸爸呀"，那是一个小女孩对着爸爸撒娇的开场白呢。

可是，我已经不是小女孩。对生活撒娇还能换来什么？不是糖果和亲吻的宠爱。

成人的方式就是控制痛苦，像在梦魇中被利刃插入身体，发不出任何声音，却有锐不可挡的痛楚清醒地承受。

北京时间10：47。我的飞机在印度洋上。霞光晨曦就在我的眼前。离开你的速度有多少？还要等待多久才能打开我的手机见到你的短信？

我半梦半醒的期待是见到你从很远的地方跑来，邀请我跳一支舞。我光着脚，穿缀满黑色蕾丝的大裙摆裙子。任由你带着我旋转旋转。我们的房间里有个樱花盛开的绵纸灯笼。透着暖暖的光，很相思的暗红色……

分开身体的时候，手指间的烟成了长长的烟灰。

想起了一个年轻的男孩子。认识的那一天，我告诉他我是属蝴蝶的。所以他就叫我蝴蝶。两个月后，才知道我真正的名字。但是，他还是叫我蝴蝶，蝴蝶……

他可以用一个小时帮我做四菜一汤，用两个小时帮我将那些从IKEA买来的木块木条拼装起来然后油漆成我喜欢的颜色或者仅仅认真打磨光滑。他干到一半的时候停下来对我说，那些木条木块显然比你听话多了。

是的，他没有办法得到我的爱情和身体。纵然如此，他总是隐藏他的黯然，在第一时间来安慰我的沮丧和失落。而我只能给他增添许多沮丧和失落。于是，我不再求助于他，无论他有多么慷慨地一如既往。怕他终于会有一天不甘心，认为我的不道德。分开的那一年，我们差点谈婚论嫁，可是我心里清楚：我们只能是永远的朋友。再见亦是朋友。我说，对不起……他笑着像没任何事情发生一样，穿着宽松的 T 恤，靠着大树说：以后，我要为你写一首歌：

亲爱的你慢慢飞，小心前面带刺的玫瑰……

我们在一起的每个夜晚，都是大雨。爱情来来回回，也像暴风雨席卷后的一地花瓣，尘埃落定。

他是否困惑于我突然的激情和结束以后的漠然？我对自己也不知所措。

我把他的感情变成我的武器，完成我的成熟，让自己的笑容里有沧桑的天真和甜美的悲凉。虽然，这些表情原本应该那么格格不入，我要将它们在我的脸上统一。

我们彼此过度完成各自的成长。我感激这个年轻的男孩子。他，不是某种人，以爱的名义勒索和侵略着我的青春，留给我的灰烬太多，却没有花朵。

抵　达

入住 Protea Hotel。便条纸上，浅浅地印着一句话：Have you phoned your loved one?

为什么可以确认爱人不在身边？或者要假设那个人已经消失在某一段路途中？

而我的你，是否知道自己被这样深地爱和想念！在旅店洁白的单人床上，感觉灵魂深处的孤单汹涌而来，面对不开放的一堵墙。

我打开手机就能读到我要的信息。可是我不想现在就看。一天还有那么多时间呢。现在就看，以后的时间怎么度过？

走那么远，不是为了诱惑，也不是为了欲望，更不是为了散心消遣，我只是想听听内心的声音。想知道我内心最在乎最牵挂的是什么。

如果，20年以后，我打开手机，看到的只是你写了"公主"两个字，我唯一能做的是点燃烟斗里的Tobacco，随着烟丝的味道去回忆。回忆，是一个忧郁的词语，因为失去才有回忆。

你不用戒烟，或者你很想戒烟，随你。对于生命来说，没有什么东西是绝对禁忌的。上帝偏爱任性的人。我唯一的任性是在我心深处对你的不弃不离。

然而现实是种对生活的处理方式而已。你不想我爱你，我会尊从你的旨意，去找一个人共同生活，让你放心。这个人既然不是你，就可以是正好在我身边的任何一个人。在刚刚那架飞机上，在即将开始的旅途中……也许……总之，都可以。

我没有办法说服自己像那些眼神流转如烟花一般的女

四、锦衣夜行

子，因为别人的馈赠或者是某种各取所需的交换就成为慵懒的散步者，在那些别墅区或者高级公寓楼下的花园里，和一只狗。即便是一个心爱的男人同居，我也坚持我来埋单。

你可以欠我，我却不想欠你。

我容易深陷与迷失，所以不得不控制自己的情感。我的情感是被时光抚摩过的乡村怀旧歌曲，充满粗糙质地的柔情。

我向旅店的客服部要来电源转换插座。我要做的第一件事情是烧热水，用85度的水沏乌龙茶。我走到哪里都带上我的茶叶罐。

当桂花熏酿后的茶香袅袅飘出的时候，我想起了初次的饭局。本是一次可以放弃的饭局。我问你，你去吗？你说，你去我就去。我对着你的回答笑，够了。

那天的晚宴热闹非凡，在一节被废弃的火车车厢里举行，每一个人兴高采烈。在据说是某位皇太后坐过的位子上，一个生意场上的女孩子即将被灌醉。她无奈而兴奋地和大家周旋，我不知道是佩服还是心酸。

我和你，只是紧挨地坐着，喝桂花熏酿的乌龙茶，看人家一杯一杯又一杯直到酒醉。

今天，我在南非的旅店里一个人喝。打开地图开始规划我的路线。

那么欧洲的南非

南非啊南非，那么欧洲的南非。我怀疑我在巴黎。对，是巴黎，而不是上海的露天咖啡座。因为，这里的人们表情中，没有气势汹汹谈判的样子，没有激烈的当街爱情秀，都是熟视无睹的散淡与和煦，好像要和这座城市一起变老的安定。上海的露天咖啡座免不了飘落浮尘，犹如一个城市生活的微型舞台面对大舞台。

我的心里充满了喜悦。确信自己在阳光灿烂的上午，在开普敦（Cape Town）的街上闲逛。刚买了双拖鞋式的凉鞋立刻穿在脚上，"啪嗒啪嗒"快步流星地走路。让脚趾头和阳光打个Kiss真是不错。听说退税的时候要给检查官员看一看你买的东西。我于是想象自己将把脚举得高高的样子给他看，那样子一定滑稽。

我的草绿色的露脐T恤终于在这里有用武之地。吃到第三个冰激凌了，香草的、甜橙的、巧克力薄荷的……你说估计这样下去，会变成个甜筒冰激凌回来。呵呵，继续被你的爱融化呀。我遇上了婚纱公司的露天秀，这里满街

四、锦衣夜行

253

走那么远，

不是为了诱惑、炫耀和欲望，

我只是想听听内心的声音。

的浓情蜜意。

好大的风。这里的大风每个人可以公平拥有的。我分不清是从印度洋还是从大西洋上吹来。每个人都好像要被吹得双脚离地的样子。以胖为美的黑女人更是让衣衫裹住了自己，腰腹赘肉凸现无遗，他们照样自信满满。

着迷于黑人女孩的小辫子，可是来到我的头上就立即失去了狂野。

黑人贫民区

从钓鱼镇回酒店的路上，我看到了黑人贫民区。这是我来南非前想象中的一部分南非。他所背负的原罪的一部分。

高速公路的一边是富人的别墅，从花草葱郁的私家花园里面开出的是奔驰宝马或者劳斯莱司。而另一边就是这那大片的简陋的铁皮屋，它们在灿烂的阳光下无声地喘息，犹如醒目而粗暴的伤口。

那些伤口一直被肆意展览在阳光下，大约也没有了疼痛和羞耻。虽然那犹如蝗虫一般的大片铁皮屋有个文雅的称号：Informal Settlement （非正式的居所），但是它们是贫困生活的最直接写照。里面冬冷夏热，没有卫生设备，没有空调，甚至有的没有电和自来水，开门出来就是垃圾，还有政府救济的移动厕所。

铁皮屋的居民有的是南非的当地黑人，有的是从邻国纳米比亚、波札那等地偷跑过来的，他们无节制地生小孩，盲目地搭建铁筋屋。南非政府很头痛的就是：到底该如何来解决这个问题。当地政府出钱盖了砖砌屋，然而砖砌屋的速度总赶不上铁皮屋的"雨后春笋"。

我只是一个旅游者观光客。面对他们的无知、无辜又敌意和宿命的表情，我发现我什么也做不了。

有些隔绝并不是与生俱来，有些沟通居然无济于事。自卑，带来更深的冷漠和自大，无法倾诉的宣泄最终变成暴力。而暴力和战争却不是我们想要的。我坚信，战争中没有零牺牲的可能。

不醉不归

穿袜子这件事情好像已经是遥远的回忆。今天是几号也已经变得不重要了。反正根据太阳的位置和我的短信，我也大概能知道时间的概念。

我多么想要一个吊床，在和煦的日光和撩人心扉的花草香中，读一本轻松的书，任时光舒缓慵懒地流过。或者，眼前就应该有一个碧蓝的泳池，让我可以随时跳下去，弄得水花四溅。

南非的上午就是上海的黄昏。上海的黄昏，我是在直播室里度过的。否则我要去这里那里，基本上只能考虑乘直升飞机才能准时到达。堵车，让我尽情呼吸合着汽油味的浑浊空气，将首尾相连的各色汽车的景象照单全收，同

时也无比沮丧地电话这个那个我们的约会推迟再推迟……

我溜之大吉，我的同事李小欣丫头在无辜地替我上班。据说她在节目里公然表示，要我带颗三克拉以上的大钻石给她才善罢甘休。哈哈，这小妖精，还用得着我买钻石给她。

当然我不敢告诉她我今天的打算，怕她妒忌：我正被一个腰围十分可观、说话像唱咏叹调一样的黑人大叔以不可抗拒之势领到了葡萄酒庄园，准备品尝葡萄酒。他劝酒的理由是：今天是曼德拉释放纪念日2月12日，所以得庆祝，好好喝一杯！于是，我以亲善大使的姿态拥抱了一排圆鼓鼓的酒桶中粉红的那一个，拍了张照片，开始我的"酒徒之行"。

来到院子里的葡萄架下，他声情并茂地向我介绍自己庄园酿的酒。红酒，白酒以及搭配的食物。他用手指着远方，告诉我哪块坡地上产出什么味道的酒以及葡萄丰收的繁忙景象……当然，享受专家款待的代价是我迷上了一种比一种贵的酒，左半杯，右半杯地喝，也是不知不觉有点飘飘然，甚至产生冲动想搬些酒回家。可一想到我的家在地球的另一边，边上停的也不是我的宝马，于是悻悻作罢。

当然，我买了N个制作精美、有当地特色的葡萄酒起子和多用途软木塞打算做礼物送酒友。由于小东西也价格不菲，黑人大叔一直带着高亢的笑声把我送到庄园外，还相约来年一起采摘葡萄。来年？来年！来年我在哪里我也不知道呢。原来，全世界人民都会"捣糨糊"。真是开心！

回家的路上我寻思着要回上海举办一个"不醉不归"的 Party，美酒人生，音乐迷醉，翩翩起舞。

有人提醒我在请柬上注明：不得驾车前往。否则，我们将目睹烂醉尽兴的人们步履蹒跚地找到自己的座驾，然后费劲九牛二虎之力打开车锁，结果被警察"闻酒识男人"地一把逮住的场景。

走出庄园的时候遇上两个法国人，他们拿着当地地图在找一家餐厅。真是佩服他们，可以不惜咽着口水在陌生的地方开很久时间的车寻觅美食美酒。我觉得我也要有点这样的生活精神，让我奔波的旅行营养丰富美不胜收，也让那开在深山老林里的餐厅同样可以发大财。

鸵鸟蛋啊鸵鸟蛋

在去海豹岛前我早早地来到码头边跳蚤市场。小贩们也刚刚摆好地摊呢。明亮的阳光照在他们睡意未消的脸上，显得有点残忍。但是不一会儿，大伙儿都斗志旺盛起来。可能是阳光给每个人注入了兴奋剂吧。

他们把我夹在当中，向我兜售鸵鸟蛋、石头工艺品和木雕，当然也没有忘记相互嗤之以鼻。五彩缤纷的集市啊，连有些看起来像古董的陈年老货也跑出了阴沉沉的店铺，来到阳光下卖

弄风情。我真是喜欢。

一个胖子兼高个子显然凌驾于整个集市的喧闹。他皮肤黝黑，汗淋淋的样子，戴着顶巴拿马草帽，手里拎着非洲部落的皮饰在摊位边蹿来跳去无限活泼，他的边上也的确人最多。我在想，把这家伙弄到我们交通台的听友见面会上真不错，每时每刻都有新的宣传攻势，永不懈怠，场面一定有趣热闹非凡。

我英文运用最好的一部分就是讨价还价。思路清晰、语速暴快、战术迂回、马到成功。不一会儿工夫，我就心满意足地把我的大旅行包塞得满满的。

唯一的遗憾是想到我的鸵鸟蛋。朋友后来说我一谈到那些巨大的蛋就有一副悲天悯人的表情。好像弄丢了一窝远古时代的恐龙蛋一样。

由于我怕带回一堆蛋壳就忍痛割爱决定只抱回一个，实在是不过瘾。

说"抱回一个"毫不夸张。因为我的确是只买了一只小心翼翼地抱在手里继续以后的行程的。特别是黄昏的时候在野生动物园的时候，差点没为我的蛋跳车。其实，我们的驾驶员已是小心慢驶了，可是路途颠簸我就担心鸵鸟蛋经受不起。

想起在尼泊尔的时候，那辆看起来破旧的军用吉普车被西达以一种全神贯注的姿态驾驭着。浅滩、深水、灌木、碎石路……他都不作任何缓冲，任由车里的人尖叫。我坐

四、锦衣夜行

在他的副驾驶位置。我那么欣赏他驾车的肆无忌惮和超常冷静。看起来那么普通的他却是那么出众。我希望他带我去作冒险旅程的兜风!

而今天不同,我一心只想着要把我的鸵鸟蛋平平安安带回家。我就希望他把车开得像蜗牛搬家。

事实上,后来在回程的飞机上看一篇旅行介绍的文章才知道,鸵鸟蛋很结实,一个200斤的大胖子稍微温柔一点站上去都不会碎的。从前的非洲部落用他们来储存水以供长途赶路呢。唉,我真是憎恨我的无知。

各自的天涯

航海家迪亚斯在1488年2月发现了好望角。正是这个季节——大风季节呢。它原来的名字是暴风角,因为海面吹来的暴风让人无处藏身。

而葡萄牙国王约翰二世给他换了个名字叫: The Point Of Good Hope。人难免死亡,而人类总是有着生生不息的希望。

在指着北京方向的标牌下,我拍了张照片。我只是想体会一下游子的心情。大多数来这里的人不是游子而是游客,游子浪迹天涯无家可归,游客为了出逃换新鲜空气而

已。凝重的、轻飘飘的情感在这里分不清楚。

在灯塔下刻满名字的大石头下，我突然不知道怎样许愿才好。我坚信，爱与爱情不是同一样东西。即使不爱，也可以像亲人一样彼此善待。而即使爱，却也未必可以携手走天涯。

我们的目的地不同，我们的行走方式不同，我们在沿途热爱的风景不同，怎么能够结伴同行？一路到天涯情何以堪？

假如，只是以一种冷漠的耐心和无奈的坚持结伴同行，实在太让彼此难过了。我不会和任何人争论，我只选择我的路线。既然是不同的天涯，就决定了我们在某一个点说再见。

就像航行在海面的人，到了"开普点"就得作一次决定。我们每走一段，都得遇到这个点。

印度洋和大西洋的交织根本无从划分，然而"开普点"是清清楚楚的。所有的船只到了这里如果没有拐90度，那么就去了南极。

闭上眼睛，我在哪里似乎更清晰：我的正前方是南极大陆，脚底下是非洲大陆。我在世界的最西南端。心里多少还是有些豪迈的情怀。

睁开眼睛，一切却是平常，我不过在一块礁石上。《圣经》里说，日光之下，并无新事。情缘意志的流离辗转不过是旧事绵延……

四、锦衣夜行

想 念

南非之美的宣传路标是桌山。但桌山不是我的惊艳。桌山的阴影为我的想念作证。

桌山顶很宽，有 200 米，像桌面。所以每当山顶上覆有白云，开普敦人会说那是上帝在桌上已铺上"桌巾"准备用餐了。当日天气必定多云转阴。

我来到桌山之前，上帝没有打算用餐。所以，晴空万里。

从早上开始，我就看到这个背着登山包的男孩子。他在桌山角下的岩石上盘腿而坐，眼睛几乎不动地望着远方，没有一丝焦灼。

正午的时候，一个穿着淡蓝色吊带衫粉红棉布裙的女孩子出现。她像一株清新而妖娆的植物翩然而至，小小的脸庞仰起头对着太阳眯着眼睛。

他站起来，把她拥在怀里。他不知道他的等待和等待的结局，都被一个中国游客看在眼睛里，并且感动于他的等待没有焦灼。他的决心和信心都是如此巨大。

回酒店的路上，太阳愈发灿烂，几乎灼热。我只穿了吊带衫。接到你的短信。你说，开了几百公里的路，累了，所以要睡了。中国时间19: 30，是我们认识以来最早的晚安。

深夜，突然想念你，无人倾诉。独自

在阳台上抽一根烟，泪流满面。远处桌山的剪影，被月光照得很美。不知道为什么，我却想到在月光下的泰姬陵。那是 17 世纪的印度国王沙杰汉为妻子玛哈建造的陵墓。它在月光下呈现淡淡的紫色，清雅出尘。国王花了 22 年将它建成，本来还想为自己建造黑色的陵墓，然后用银色的桥将两座陵墓相连。可是，终于没有实现。让国王的爱永存的是不够的时间，是死亡的来临。在他生命的终点，他的爱情还在。

失眠的夜晚。收到你的短信"晚安，公主"。上海又是阴雨连绵，你在雨中开车上班，堵上的时候，写给我。

原来，我的手表读出的是北京时间。而你在上海用南非时间想象我在干什么。

这样的想念，为了爱，无从求证。

还是想念

早晨来临。维多利亚港口好美。一条有着金色桅杆的白帆船让我想起灰姑娘的马车。南瓜可以变成马车，木瓜为什么不可以变成游艇？这里的港口没有一点伤感。全世界游人都留恋于这里。

粉红粉紫的朝霞让城堡一般的白色房子变得梦幻而清新。海风吹过来，撩拨心绪。我不是个柔软妩媚的女子，我的心情黯淡，懒得争辩，容易深陷。但是我相信，是精神的奢华让一张张脸喜悦如花一样绽放。

四、锦衣夜行

　　我重复着我的想念。就像重复听自己刻录的唱片，重复阅读圣经故事，重复等待月光在窗帘缝隙中的舞蹈，重复地漠然于别人的殷勤或者冷漠，重复地离开你又奔向你。

　　离开上海的时候，正流行一首歌叫《披着羊皮的狼》：爱上羊的狼，不惜抛开自己的世界被同伴孤立。而我心里还有一首歌早于它出现，叫《爱上狼的羊》，虽不怎么流行，却仿佛是爱情的呼应：同样爱着狼的羊，也是不要命地走在刀口上，爱情是沙漠里唯一的仙人掌。多么宿命的爱的胶着，不要隔岸相望，不惜代价深情相拥。

　　有时，我的确伟大或者被认为盲目，可以那么一意孤行。在心里对自己说千百遍，他们想孤立我是不起任何效果的，因为，我根本不在乎被孤立。

2月14—

　　2月14日就是2月14日。我必须坚持这是一个非常普通的日子。但是，总有一些细节会提醒你暗示你：今天不同寻常。

　　我偏偏在今天抵达比陀市。比陀市盛产玫瑰，所以被称为玫瑰之城。

　　混迹于人群当中，却和里面的任何一个没有瓜葛。更

别说爱情。

我拍到自己阳光下的影子和我的草帽。我将把那些照片做成明信片压在我的调音台下。那一刻的心情，是我一个人的秘密。

我的快乐可以和你分享，但是我的孤独请让我一个人享受。

我喜欢这个有大厨房间的乡村旅店。房间里有个转弯楼梯，像上海我的家。光脚踩在地板上干净又凉爽。我洗干净了番茄、杏子、草莓和李子，把他们装在一个大果盘里，拼成大大的心型图案，我要欣赏它们争奇斗艳地给我吃的样子，然后开心地吃下去，吃下去的是情人节新鲜与美丽的爱。

突然想：假如我是水果，我要怎样的命运？在最新鲜的时候请你吃掉还是被制成罐头慢慢品尝？

爱情是新鲜水果。婚姻是水果罐头。新鲜水果固然好，保质期太短。水果罐头存放期长了很久，而人工色素和防腐剂的味道终究存在。

吃着水果的时候，我看到了手机里的三朵玫瑰。上海的雨露，南非的阳光，这三朵玫瑰都得到。

企 鹅

你一直说我聪明，我不知道聪明的含义是什么？聪明是感知痛楚的前奏还是对世故的妥协？我有能力控制自己的情绪，却没有能力完全戒掉你。所以，只有我清楚，我

浪费了我的聪明，知道该怎样做却迟迟不肯行动，知道什么是错误却明知故犯。

让我们爱得像一对企鹅。涂着粉红眼影的企鹅是南非企鹅。我们热爱阳光和海滩。不带阳伞，所以晒得很黑。不知道自己的亲属中有些企鹅喜欢冰天雪地。

我们的皮衣不赶流行，永远经典。我们的眼睛很小，只看得到对面的你，

这世界只有恩爱厮守的我们。我们摇摇摆摆地在蓝蓝的海滩边散步，在大太阳下甜蜜地亲吻。天生一对！

那长了雀斑的美人鱼，几千年没人理会，我也看不上。那海盗满船的珍宝和我们擦肩而过，我懒得打仗抢劫。总之，远方那些美丽的传说和伟大的胜利与我们统统无关。

不说你的大话，坚持我的童话。我们，呆呆地傻傻地相爱一辈子，好吗？

三克拉的重拳

1998年8月的清晨，另一张去欧洲的机票作废，宣告我的一个时代的结束。

从欧洲回来，我不知道我要的是什么，我更不知道该怎样做自己。

有个造型师精心地帮我把头发染成深紫

色,涂上绿色的眼影和酒红色的唇膏,让我做一个时尚天使。

回想起来,那样的自己,如果可以被说成天使,也是堕落天使。目光游移,内心脆弱。

而今天的我,可以戴着绿色的玻璃项链去成为D'Bills的座上客。你说巧克力色的大裙子很波西米亚,我当初穿出来只是因为它耐脏。

让钻戒拜倒在我的破牛仔裤下,实在是一件美妙的事!

谁说一定要一身名牌的女子才可以去看钻石?大部分打扮得像明星一样的人,那局促的表情和行为就轻易出卖了自己。

同法国香水一样,南非的钻石在世界上享有盛名, D'Bills公司控制了世界钻石销售量的70%。

有价的城市会造就有价的女人和男人,当然也诞生有价的爱情。我的爱情无价。

我是公主我说了算:我的破牛仔裤就是我的世界名牌,你送给我的绿玻璃就胜过了三克拉的大钻石。

三克拉有多重?三克拉的重拳只不过是轻轻地拧一下你的鼻尖吧。嘻嘻。你的习惯动作,我喜欢的习惯动作。

走出D'Bills公司,我想去教堂。在深红的木椅上坐下来静静地听牧师布道。然后起来唱赞美诗。

四、锦衣夜行

远离太阳城

美国的拉斯维加斯是沙漠里的奢艳，南非的太阳城亦是贫瘠中的奇迹。

太阳城据说是个失落之城。在西方拥有文明之前，来自中非的游牧民族，在"太阳之谷(Valley of Sun)"建造了一座空前伟大的城，山光水色巧夺天工，令人赞叹。但后来的一场地震，使这座城市被熔浆所覆灭，成为失落之城。

"失落之城"占地二十五公顷，以超五星级皇宫大饭店(The Palace Hotel)为主体，拥有三百五十间客房。今晚，这里面的一间就是我的。

在上海就是公主，到哪里，我都应该是公主。

可我不去赌场。所有赌场的气氛，在骨子里都像个世界末日的浮世绘，到处流露华丽又幽怨的荒芜感。

我坐在喷水池边遥望堵墙。想起24岁那年，穿一件樱桃红的越南丝吊带衫，一个人跑去赌场，结果输掉700美金。我一共带了1000美金出游，那是我全部的积蓄。回到游轮的甲板上，面向大海，心里全是解脱。那些美金，是我应该输的。因为我根本不知道怎样赌博，连押的筹码也不对。

几乎身无分文的时候，我却真正地开始笑。我们身上的那些原罪，连同那些渺小的可怜的财富都可以这样随心所欲地消失，不是很好吗？

当我再面对你的时候，我已经是初生婴儿般的赤裸纯洁。

我怎能埋怨对你的求证得不到安心的答案？倘若你还爱着，我深深地感激并且用自己的一生回报；倘若你不爱，仍然每天向我道一声温柔的晚安才入睡，我还要怎样？

南非人的宗教信仰是基督教。我觉得应该让生活有宗教感，有宁静的温暖和漠然的慈悲。

基督的孩子

那些明星去非洲看望患艾滋病的孩子，回来后在镜头前涂脂抹粉却掩盖不了沾沾自喜。

我想，那不是为了关怀，是为了满足自己。

为什么要把灵魂展示出来让大家参观？大家参观到的或说仰望到的是你真实的灵魂吗？还是你穷尽力气追逐得来的东西——那些东西终于烟飞灰灭一文不值。

一颗虔诚而安静的心无限美丽。我将有我的孩子，当他离开我温暖的堡垒代我重新活一遍。这是我的再生。再无其他。

南非最后的旅行笔记留给我的 Baby:

你来的那一天，我也希望雪花明媚。那些年，等待你的父亲，以为等不来，可最终他来了。

一如元宵节那个细雨纷纷的傍晚，近处高架上零星响起然后越来越密的鞭炮声，终于喜气洋洋地成全我的期待。

四、锦衣夜行

对你父亲的情感经过衡量选择，对你的爱却不是。爱你如同爱自己，不可分解。犹如莲花盛开，汲取自淤泥里共同的养分。

我被钉上了你的十字架。我身上的伤痕累累亦是心甘情愿的一针一线，缝补着自己创伤的心灵。爱你，抚养你，填补我对生命的失望以获得救赎。

我希望你有大气而无情的性格，不太计较也不要太多过问，我不要你在黑暗的隧道里独自穿行时间过长，可是我没有办法代替你走出，你亦不要跟随我走，宁愿摸索，所以我只能为你祈祷，同时放手地让你尽情体验甜美的爱，勇敢治愈失望的伤。

你可以叫我的名字，不要叫我妈妈。

你可以逃跑，可是你的指纹你的DNA是跑不掉的。我们的关系就是和生死连在一起。

再听一听《基督的孩子》，在那片苍穹深处我们终于能够和我们以为失去的重逢。那些爱与美好只是被生活的挫败暂时埋葬，他们总在那里变成一双温柔的大手，安慰我曾经的失落无助和艰难忍受。

南非，就这样成了我的上一站。我的爱在你的手里，可我的梦还在我的手里。我们的下一站，何日启程？

花心语录

我的花心语录是我的内心一次成像。是
我的灵感闪动瞬间。

我说我有一颗"花心"，我的每一季都可以尽情开
出独特的花。

　　我说我有我的国色天香，你也可以反驳那不过是
孤芳自赏。

　　我的花心语录是我的内心一次成像。是我的灵感
闪动瞬间。这瞬间，可能是直播的时候，或者是堵车
的时候。半首歌的工夫，一个红灯的当口，我把那些
字写在手机里，或者涂在身边的任何一张纸片上，干
脆记在手心里的也有。

　　凌乱的即兴的东西像极了手枪的走火，不知能对
谁一击即中。

　　当我的语录和你的脑袋碰撞的时候，要么让灵魂
擦出一见钟情的火花，要么你说我也不过是个傻瓜。

——阳　阳

　　时间是打开万物密码的真正咒语，所有情感的本质都
是孤独的行云流水。

花心语录

生命就是一个大的练习场。有些人只要练习，不要回忆，也没有憧憬。

矜持，对于有些女人来说，只是一种做派，是一种工具。下一步就是半推半就或者顺水推舟。

我穿一双破的布鞋去散步，因为我要"低头看得破"。

我宁愿我的生命是被磨光的，而不是被锈光的。

有些人只能做生存的伙伴，却不会是爱情的对手。

中年的他和她，仍然天造地设的一对：她像一根旧的橡皮筋，脆了，老了，早已经丧失了弹力极限。他生活在剃刀边缘，稍一放纵，就伤了自己。

当爱情变成一种信仰的时候，无论你做男人还是女人都会无所谓，只要是单身的人就好。

"梦中情人"不仅仅是指你日有所想、夜有所梦的人，也是指当她真正来到你的生活中时，你认为她还不如留在你梦里的人。

雪莱说，冬天已经来了，春天还会远吗？

男人说，事业已经来了，女人还会远吗？

可惜，慢慢的，很多男人都把"事业"一词改变成了"金钱"。

更可惜，女人也开始用行动回答，女人已经来了，难道就不会走吗？

女人想，我只有青春和身体，给你好了。只要换你的钱。

男人想，我只要你的青春和身体，别的，一概不给。

一对都市饮食男女就这样在居心叵测的试探中蹉跎了自己。

知道他是花花公子，很多女人还是前仆后继愿意成为他的女友。

——我想，这也是人气指数的错。追求者多的人一定有他的魅力啊。像选择吃饭的地方一样，人多的饭店一定好吃，于是大家都去吃。

所以，当红，就是硬道理！

女人哭诉，你不是说会把我当成"眼睛"一样的珍爱疼惜吗？为什么又爱上别人。

男人心里暗笑，你听错了。我说的是"眼镜"。是那种抛弃型的隐形眼镜。

关于殉情，不仅仅是指自杀，有时侯，也是指和你的另一半共赴婚姻的殿堂。

一样地说出"我要去死"。女人的做法是：当着你的面跳下去，让你后悔一辈子。男人的做法是：死于60年以后，自然死！

这世界，女人总是为了爱情生生死死，男人总是为了功名利禄碰个头破血流。

A说，对我而言，爱情，是空房间里的画。一个房间当然可以允许挂几幅画。

B说，对我而言，爱情，是空房间里的歌。一个房间怎能同时播放两种旋律。

C说，我有的是空房间，可是没有歌也没有画。

她一直都在合计怎样让他向自己求婚。而他一直在反问：难道一张婚纸比我们多年的情分还重要？

她忘了，男人都是用婚姻来做一个交待。只有女人，用婚姻来表达爱。

婚姻，是爱情的坟墓？

但是……

若没有婚姻，爱情死无葬身之地。

恋爱的时候，你爱对方一定比火热烈，比海深情。所以，结婚以后，你们的大部分日子就是这样处于"水深火热"当中了。

呼吸一样的空气，接受一样的教育，面对一样的竞争，凭什么要求男人比你强？实在是难为他们了。

莫非，男人打下的一片江山，就是女人让出的那一半？

连相爱一场，都需要旗鼓相当的对手吧。

一样的奋不顾身，一样的痴痴缠缠，一样地毫无保留，才成就一场轰轰烈烈的爱情。

毕竟，无敌最寂寞！

从前的他和现在的他，应该都是好树。可是，长在女人不同的季节……

那些英俊的、温柔的偶尔像野兽一样矫健和激情的男人和被包扎在旧英文报纸里的玫瑰花一样，都是美好生活的一部分。

你说你的爱情是一场不及格的考试，但是总比交白卷好，更比临阵脱逃好。

为了庆祝这个节日，我在心里点了支白色的蜡烛，流着泪烫伤我的心。

相爱可以再慢一点吗？分手可以再美一点吗？

没有爱成，可我仍然祝福你。因为我知道你是个应该得到祝福的好人。

爱情，最终是品位的取舍。脆弱，不是没有品位。阴暗，是没有品位。我可以爱一个脆弱的人，但是我不会和一个阴暗的人在一起。

女人放弃一个跟不上她的男人，是雄心壮志；
男人放弃一个跟不上他的女人，是无情无义。
哪有公平？

一种男人只适合一种生活，一种男人只适合一段路程。
百转千回，都是人生的趣味。

"在和风细雨中完成和平演变"是上海女人的特色。
看不出侵略的意味，但是绵里藏针，一如艳丽的玫瑰。
如果你要贸然闻香，受了重伤你可别怪我狠。

电影《闻香识女人》中的上尉真是个敏感的爱情上尉:他眼睛看不见,心中还是装满了美女。香水善变,女人善变,所以闻香识女人绝对是门功夫。

不爱女人的男人不是好男人。

我穿上红舞鞋,等待你的到来。你姗姗来迟。见到你的瞬间,我才惊觉:自己已经无法旋转、不能舞蹈。

我们的大部分生命都是虚度,不管你是否承认。但是仅仅一次惊涛骇浪就足够我们回忆到死。而所谓的传奇的一生也就是那一次海啸的余威和回味。

我想站在车水马龙的街口,贴一则寻梦启事。

你要寄信给我吗? 就写: 天涯。海角。你收。

冬天里的最后一片落叶。这又不是你的季节,你又为何随风飞扬? 你以为是被瞩目的舞蹈吗? 不过是最后的挣扎。

20岁的时候,她恨自己怀才不遇; 30岁了,她恨自己怀情不遇。

20岁的时候,她嘲笑30岁的女人太老了; 30岁的时候,她嘲笑20岁的女人没智慧。

万花筒是不能打碎的，否则看到的真相就是一地散落的碎纸屑。

没错，我们是一伙的，但是，我同流不合污！

人生怎么会有一支完整的主题曲？所谓的主题曲，都是由无数的插曲拼凑而成的。

许多种子开花以后并不能结果，而只是在一季过后，默默枯萎了。

我喜欢剑麻。它有着碧绿而挺拔的叶子，尖端如利剑。外表的英气和内心的杀气都叫我震惊。

雪人对小女孩说，当你拥抱我亲吻我，我知道我们开始相爱了，可是我快要死了。

大约，我会在今后的人生中有很多美好的时光，望着不同颜色的眼睛，用不同的语言告诉对方，我原来是个流亡公主……

我希望我的微笑能够在我脸上绽开得时间长一点，让那些受伤的失意、受挫的恨意都在微笑里溶解飘散。

你是一块大自然里的冰，远看晶莹剔透、令人遐想，走近了触摸却寒气彻骨，催人离开。

我，常常做出轨的美梦并且努力实现它。为什么要把自己藏匿在灰秃秃的墙壁里小声压抑地说话？

都是敞篷跑车惹的祸：

开快了，别人瞪你一眼说："你什么了不起，在上海的大街上开一圈保证你灰头土脸。"

开慢了，别人白你一眼说："这种速度你自己走走路算了，还好意思出来招摇过市！"

我，站在阳光下，看自己落寞的影子。有些时候，我承认我真的很需要某个人，但是那种感觉像飞机失事时我需要降落伞一样。如果这一瞬间他不在，以后也就不用再出现了。

知己和敌人，都是越少越安全——

不过，我对这句话持怀疑态度，因为我们会感到孤单的不快乐。

再饱满华美的气球，都只有三种结局：飘到空中，不知去向；突然爆破，无可挽回；安静存在，慢慢萎缩。

多么像人生！

不要把我想成一个阳光女孩。我的一半是女人，一半是孩子。我在上海的街头游游荡荡的时候，我的妈妈和我擦身而过都不会认识我。

我在火车上发短信，在出租车上收邮件，将要看的电影藏在口袋里，拿着一部手机和全世界保持联络。我总在行走，有时候却失去方向。

旅行，给了我双城生活。我在仓促间能记录下来的都是真实的快照。心底开花，身后起雾的故事都很美丽……

看一个人的底细，只要看他的竞争对手。他周围的人就是他的一面镜子。不是同一个级别的当然没有资格站在同一条起跑线上。

时间终究会插手一切。再传奇的制造到最后都会腐朽。童话里才会有亿万年后化为陨石或尘埃的生命，在轻轻说笑话。

我拔剑出鞘的姿势很美，却因斩不断、理还乱而渐渐失去了剑魂。

那是我喜欢的一段台词：你很沉着，我不知道，像你这样的穷孤儿，哪里来的这样的沉着。

很多事情发生了，解释只有一个：意外。很多悲剧摆在眼前，表情只有一种：难过。事后的一千次责怪、埋怨和憎恨，都是无谓牺牲的殉葬品。

所以我冒险，但是不送死。尤其是不愿意死在别人手里。

选择，竟然如此简单。他选择了，我才选择。这不是我的选择。

我不等你选择，我先选择——这是我真正的选择。
我看透，却不想看破。

假面舞会的高手也有失策的时候吧？面具戴久了，不是自己都被弄糊涂了就是摘不下来了吧？

我的导师鼓励我要"风情万种地走到大街上，做个花枝招展的女博士"。——哈哈，超级可爱的老头！我们这个时代，不正是缺少风华绝代的学者和风度翩翩的教授吗？

我不惹事，但也不怕事。

在我居住的城市里，我是罐头里的小鱼，而现在却在我的海里尽情地跳舞，热浪是我的 T 恤。

发生的，都成了往事。像跌入深海的某件东西，知道在海里，却永不再现。

我从来不曾守候日出，我却和很多次日落不期而遇。我的生活一向在期待中延续，在失望中忍耐。

没有人知道，她要的世界在废墟下面，有一个生锈的不朽心愿。

似梦，梦一场。在如黑白电影一般的梦境中才可以看到自己头上插着野花，身上穿着嫁妆，而她看着他的眼神已经不会惆怅。

我找到了自己想做的事情，时间却总是不够。我找到了自己很爱的人，却已经没有权利。

我欢喜，因为远方有你。我忧伤，因为你在远方。

心被撕裂时，我用文字连成创可贴。
我们有温暖的过去，迷惑的现在和未知的将来……

我是水，没有伤痕。就算不是没有伤痕，至少有迅速愈伤的能力吧。

她坐在保时捷里，穿着牛仔裤旧T恤，吃一个橘子，是那种青色的酸涩的橘子。她回头笑笑，举起那个橘子说："这是我将永远记住的味道。"

忘了从何时起，我戒了所有带甜味的饮料。偶尔将tequila加在雪碧里喝，欣赏她丰富的泡沫，一饮而尽，然后等待后劲的上来。开始醉……

雪碧的温柔，在这里只是个陷阱。

他说手机坏了，怕我找不到他，赶快连夜跑出去，买了个手机。

其实，他在北半球，用他早餐的咖啡香向我道晚安。可是，知道彼此活着，也终于有一丝温暖了。

虽然，我能够冷漠于别人对我的冷漠，我却不喜欢冷漠。紫色，要么倾国倾城，要么异常颓废。

有人这样评价梵高："梵高有什么稀奇！和我家儿子画的东西差不多！"

随你怎么说好了。可惜，梵高不是你儿子，但愿你儿子能成为梵高。

传说，说大象能预知自己的死亡，当它觉得死亡快来临的时候，就步履艰难地退出象群走向坟地。

可是大象的坟地在哪里？我真的想知道。

我，找到了一个坐标就会努力地生存下来，并且在诽谤和谣言中学会了装聋作哑。不想报复，因为总能记得那一点点的温暖。

手心里烟蒂的烫伤也在慢慢淡化，它不能成为我的刺青。

有时候觉得自己是骆驼，背负着沉重，流的泪却被沙漠里的风沙吹散了卷走了。

我，只愿自己的生命"好"，无所谓"长"。

常常做出轨的美梦并且付之于行动。为什么总是把自己藏匿在墙壁里小声地说话？

我在没有敌人时当然温文尔雅。

其实，我一直都是我。你不认识我而已。我已经说了太多的我，够了。

纳西族人认为：人一出生就朝着一个目标行进，那个目标就是坟墓。

所以，何必风风火火地生活？生命就是一场旅行，纳西古乐提醒我：何必匆匆太匆匆？

在欧洲的街头，到处是奔驰宝马，它们停在街口，人们熟视无睹。这就是奔驰宝马璀璨的寂寞。

　　在欧洲，检验你财富和地位的标志是：你是否有自己的房子，有名画的收藏。

　　名车、名牌、名人，大抵都一样，当找不到大惊小怪的对象时，那份璀璨高傲如何炫耀。

　　不甘寂寞吗？那就继续拼命提升人气！可是世界之大，总有人不识你。

　　我的温情背后是裹紧了的世故。我知道世故的微妙，可处理的方法还是任性的。因为我的阅历赢不了我的性格。

　　我的内心是激越、凌厉的，可是思想完后表达出来的又是轻描淡写的了。最终，还是以女人的玄妙与颓废，铺陈出一片繁花胜地……

　　我很期待我的将来，可我是不愿意找预言家说出我的将来的。除非那一天我是不想活了。

　　什么都知道了，活着又是何必？

　　你心中的目标情人把你美化地叫做红颜知己。要知道，红颜知己是个苦差事。你是他可以招之即来、挥之即去的一个人，但是你不能破坏甚至打乱他的生活节奏，但是当你在失眠的时候却一定找不到他。

女孩子，请别做爱情备胎。因为你很可能等不到正式上路的一天，已经被岁月的车轮碾碎，你成了为爱情牺牲的无名英雄。

有谁做爱情备胎吗？多么卑微而痛苦的感情。也许你会在寂寞的等待中消耗一生。你当真无怨无悔？高尚的代价是昂贵的。

眉毛用来装饰你的脸；婚姻用来装饰你的幸福。

脸上没有眉毛，难免显得惊世骇俗；老大不小了没有结婚，人们会对你另眼相看。所以，有些婚姻的价值等于一对眉毛。

粗犷的男人偶尔来一点风花雪月，那就是画龙点睛的性感。

文弱的书生还要风花雪月就是让人受不了的无病呻吟，还透着酸气。

当爱情走出象牙塔，一切变了。只给我一扇朝北的窗当然不够。每天数星星，也不去数数家里的米缸里有没有米。

人真是奇怪，没有外人证明你，就好像自己是没有价值的。

爱情，同样如此，需要婚姻这个外人来证明。

对于我来说，别人的喧嚣不会打扰我，却是我的一道风景线。我随时可以抽身而走，想融人的时候，又可以很快打成一片。将有趣的话说给一张陌生的脸听，不是既安全又真实吗？

旧年的最后一个晚上，我居然置身于人潮如海的庆祝现场，我和人们互相看了一眼，然后疲惫地回家。那些纵情恣意，那些沉迷投入，那些如火如荼，都是别人的沸腾
我怎么好像什么也没有看到？

绝对不把感动当成爱。

关于甜言蜜语我是要听的，不过也就是听听而已。

面包得独立生产，爱情是果酱。必要的时候纯粹吃面包味道也不错。

不将重要节日作为和男朋友的纪念日，万一分手将来节日就变成忌日了。

关于男人：

如果你告诉他你的心事，他说你麻烦；如果不，他说你不信任他。

如果你没有守承诺，你是不可信的人；如果他不守承诺，他是不得已的。

他说，你嫁给我，我仍然给你自由的。

她答，自由本来就是我的，不用你来给。

我羡慕你，因为你是多么幸福，有一个我非常爱你，用心良苦。而你可以波澜不惊地享受一切。大约，你一辈子不会知道我诚惶诚恐的爱。

你离开的那些日子，我也并没有痛苦得死去活来，一样工作、吃饭、睡觉，只是情绪有点低落而已。原来，我们经历的总是和自己想象的与期待的不一样。

我想，广播，对于我而言，并不意味完美，而意味着忠诚。

我一头扎进水里的时候，并不知道自己水性如何。我发现我上瘾的时候，已经不能解脱。就像爱上一个人、一个地方或者一种状态，就会快乐地沉沦。不会计较付出与得到。

听音乐，有时候，像流泪一样，是完全个人的事。

我赋予我直播室感性和灵性。

我的爱车，也是我一个人的直播室。

这世界，多的是故事，少的是传奇。

财富可能失去，美貌可能失去，青春可能失去，爱情可能失去……唯有你的经历，永远伴随你。

所以，我总是让自己——人在旅途。

现实和理想总隔着一条大街，失望的人们看着奔驰的车流和人流，要不黯然接受，要不选择颠覆后的重新出发。我总是选择后者。

我喜欢改变。不变，犹如让我停止生长。

深秋，我将车停在树林边，车轮无声地碾过落叶，我在漆黑中和大自然互相感受对方的孤独和亲切……

想到那一年，爱得最狂野、也是最无邪的时候，我们在宝蓝色的车顶放两个金黄的大橘子，画上笑弯的眉毛与眼睛……

高架桥过去了，路口还有好多个……总是有人走得太快，找不到同行的人。寂寞仍在，温柔永生？还是——温柔仍在，寂寞永生？

　　我的人生速度不在于"快"。而是在于"准"。像时钟。

　　我为什么让我的血液里总是流动着汽油？为什么不是一支蓝调的迷情爵士？

　　我前行，是因为没有退路。

　　我前行，不是因为没有风雨，而是风雨无阻。

　　爱情是生活的全部吗？都市人的答案是"NO"。撞到爱情的时候，不会一脚踩死刹车，立即停止惯性的生活作息。所以，才有了那样的心声：我们要天天思念，不要天天见面。我们要有共同的爱好，却不要共同的房间。

　　太远了，别的车要插档，太近了，容易受伤。

　　多少距离才是安全距离？倘若进退有序、游刃有余，又未免太小心翼翼，落得一个"居心叵测"的名声。

　　新手上路，机械地加了挡位，速度却跟不上。

　　爱情，终于熄火……感情的车，驶出心头。

　　是朋友，何必说；非朋友，不必说！

　　我喜欢明亮而直接的表达，哪怕是忧伤。我在歌剧里听到意大利的太阳。在拥挤的车来人往中，我鼓励自己：就算是伤口，也要绝色。

在锐利如刀和温柔如水之间，我选择后者。因为，抽刀断水水更流——我无法杜绝被伤害，但我应有超强的愈伤能力。

我想飞。飞离物欲的城市，飞向温暖淳朴的远方。没有人知道我的离去，就像没有人等待我的归期。

我希望在你眼里，没有背景，没有名誉，没有美貌，没有财富。我是茂密的森林里一头小鹿。原始。桀骜不驯。

我对人并不冷漠。但是，我冷漠于别人对我的冷漠。

有些人不过是用铅笔在世人面前写字，用橡皮轻轻地一擦就了无痕迹。花枝招展的卖弄一停，辉煌时代就彻底结束。

在你面前，我用刀在心上刻字。最疼痛的时代就是生命里的黄金时代。

地球都有万有引力，你心中为何还有石头不落地？
因为我已经为你灵魂出窍，飞到天外，直达你的磁场。

如果变成花痴，就能开怀大笑，那我就变成花痴好了。

如果变成白痴，就能没有痛苦，那我宁愿清醒并痛着。

拥有难，舍弃更难。

比如：买一辆车难，卖一辆车更难。

比如：结婚难，离婚更难。

比如：走红难，激流勇退更难。

摆平就是水平，搞定就能稳定，无事就是本事，低调就是腔调，大气就是人气。

治疗失恋的最有效偏方是寻找下一段新恋情。这道理无非就是以毒攻毒。专家都说了，其实，所有抗癌药物的本质都是致癌的。

他说他很精明，明白：天上没有馅饼，地上小心陷阱。

可是他又很无奈：别人挖了陷阱，他却忙着铺草。

没权的人怎么腐败？最多口头过把瘾了，调侃几句壮壮胆色，说什么"腐败谁不想，政策不允许"。

怎样让腐败不腐败？有人答曰，这是操作问题。以此说来，操作得好，就没有腐败。所以，结论就是：没人腐败，天下廉洁！哼哼！

看来，绯闻是保持明星人气的关键。出新品的时候，来点绯闻推波助澜，过气的时候，也要弄点绯闻力挽狂澜。最好和你演对手戏的比自己要红，直接推出拳头加上枕头，经纪人、圈中好友都来捧场，今天摇头明天点头，一下子就至少首先可以拿到"媒体贡献奖"。

我从不向别人借钱，实在要借，借银行的。也不要借给别人钱，实在要借，不指望他还。

我可不要做"一代天骄"。更何况，现在大部分的人只是"一代天娇"而已，到处怀才不遇的样子。其实，你凭什么说自己是千里马，伯乐不识你也很正常。

不想计较太多得失。我觉得，那是保险公司和我对手的事情。

就算没有未来，我仍然感谢你让我投入地爱你。至少，你令我实现了爱情免疫，为未来的日子留出理性的空间。

不要用男友的生日做密码。否则，换男友的时候，你要换好多信用卡密码，还要换智能锁密码——很烦的!

浪漫是件华美的晚礼服，不能每时每刻都穿在身上。

花心语录

那晚开始，我爱上喝酒。喝酒，本来是想让痛苦溺水身亡。不料，痛苦居然学会了潜水与游泳。

我看上去对人没有攻击性，是吧？你得知道，我不惹事，但绝不怕事。

我做每一件事，开始到结束的过程，都是不惧到不悔的过程。

赞美与恭维，有点像香水，只需一点点，而且只能闻，不能喝下去哦。

希望任何一个女孩子都能做到：真心微笑，不怕皱纹。美貌无双，仍讲道理。

有望得到的，我很努力。无望得到的，我不介意。无论输赢成败，我的姿态总是能够保持漂亮极了。

最好的老婆无非是：在家里也要耐看，在外面不能要你好看。

不能娶回家的一类女子是：哀怨女子加知识青年。

有时觉得，用"大浪淘沙"的办法交朋友挺好。滥交熟人不等于轻认朋友嘛。问题是，假如淘到最后全是沙子没有金子，你会怎样？

难道，只有"上刀山下火海""两肋插刀"这种互相折磨才是做朋友的最高境界吗？不如行云流水，好聚好散，不为朋友所累，也不累朋友。

我说，我不是鲍鱼的料，就做我的河鲫鱼好了，在自己的小池塘里优哉游哉。

有人说，不过，我觉得你更像一尾理直气壮的热带鱼。

爱因斯坦怎么能不成为我的偶像？

在世的时候，一张桌子一支钢笔一叠白纸，他就能拍拍脑袋和全世界单挑对立。

离世的时候，他平静地说，这里的事情我都做完了，请不要怀念。

谭盾说，没有一点非议的肯定不是大师级的作品。

我还想加上一句：受到非议的也不一定是大师级的作品。

我的碗里有那么多含铅量超标的粉丝，而居然吃到货真价实的鱼翅呀。我当然惊喜了。所以也就很珍惜你这鱼翅。

正派的女人总是欠缺点风姿。妖娆的女人又总是亲和有余，把持不够。想必，"和而不同"是关键。

郭靖的降龙十八掌，令狐冲的独孤九剑，段誉的凌波微步、东方不败的葵花宝典……可惜，这些功夫也只能瞻仰，谁能学得会？

难怪大家最后喜欢韦香主，因为只有韦小宝和我们亲近得就像自己。

才女的市场永远没有美女的市场大，难怪大家要找到整容专家把自己整成美女，分明是市场供不应求嘛。

假如，也能把脑袋打开，塞进大百科全书就好了。到那时，你会嗤之以鼻地说，哼，只做个才女有什么稀奇！

人生真无奈：有钱买到好车，却买不到速度。堵车的时候，舒马赫也只得往后排。开上法拉利迈巴赫57还是劳斯莱司幻影又怎么样？就像手持 N 张银行卡却找不到ATM 机的大款一样。

不过，人生也出彩：我选择不如拔腿就走，哪怕拎着高跟鞋奔向目的地。

爱情没有道理，只有哲理。

道理是：1+1=2

哲理是：1+1<2 或者 1+1>2

我喜欢写书，白纸黑字放在那里比较踏实。可是我不想为不认识的人写书，因为我不做枪手。

　　我又怕出书。很多功力不及长相四分之一的，也都出书了，那些书叫写真集。

后　记

我的后记就是——

写给未来的前言

　　我的亲人最终都回到我的身边。这种感觉很乡愁，我很喜欢。

　　弟弟突然于 2005 年 7 月 16 日乘坐维珍航空飞回。

　　他出去的时候刚刚走出学校。从上海到马来西亚到澳大利亚再到英国，每次回来的时候都是一身我熟悉的白色衣裤。

　　这次，他带着蓝眼睛金头发的安妮，却把安妮扔在一边，紧紧拥抱我说，姐姐，我们的变化都那么大。

　　是的，我的改变是一个一个瞬间连接起来：我在西藏的小县城加查的昏暗路灯下掩面哭泣；我在医院的手术室外向他告别；我在好望角写一张明信片，把可歌可泣的所有可割可弃。

我的改变是不再做亡命漂移，也不再夜夜笙歌，而是天天回家陪外婆吃晚饭。

轻轻推开门进屋，我们把风雨声关在门外。

还有你！你将于2006年2月22日离开你温暖的堡垒来到我的面前。那一天，也许大雪纷飞，也许冬阳和煦。

我会开一部崭新的保时捷跑车把你带回家。它有着西藏的夜空一样的宝蓝。这是我20岁就有的梦想。这个梦想驰骋了那么久，那一天要成真。

你的懵懂和近乎赤裸的纯洁，我的敏感和无法言说的情意。

我把我的生命移交给你，包括我所有的孤独和理想。你可以和所有的别人无关，你将来甚至可以和我无关。但是我必须让你清楚，我们每个人都经受成长，经过选择，反复衡量，劣汰优胜，最终完成婚姻。

我希望的爱，是真正的相知，犹如莲花盛开，出自共同的淤泥，拥有一个灵魂，不能分解。

我会很疏离于你，我很舍得放开你。我们早晚都是分离再次出发。

我的下一站，是北欧。每次旅行，让我有重生的快乐，让我有锦衣夜行的美丽。

　　我一定要赶在冰天雪地去冰岛。因为严寒，是它的本质，而夏天的它就混同一般，不去也罢。我要像个孩子一样地从飞机上往下看那片纯白的世界。我要找到纯白中出现的一条又细又淡的直线，那是公路，多像小学生划下的铅笔印痕。在印痕断裂处就是机场。我要享受踏上那个冰清玉洁世界的兴奋。

　　我先去哥本哈根。那里的黑夜从下午三点开始到第二天的八点。过于漫长的黑夜让19世纪最耀眼的哲学星座克尔凯果尔熄灭。他身心疲惫和这座城市里的教会、小报乃至市民对立。最终居然在散步时不小心跌倒而导致瘫痪。他拒绝医疗拒绝被探望拒绝领圣餐，在一个月后去世。

　　他孤独地站在漫漫长夜的旷野里和上帝对话，来偿还人生债务中的剧痛，来换取微薄的极乐。

　　然后我选择丹麦。丹麦的黑暗和寂寞虽然没有治疗好安徒生的敏感脆弱，却让后人在他的想象里驰骋翱翔，永远记得那卖火柴的小女孩梦中的圣诞树烧鹅，嫣红碧绿焦黄，喷香温暖，永远记得小人鱼公主在缓缓向天上飘去的时候那依恋和圣洁与伟大的泪水。

　　冷漠与阴郁的天气中，受伤与失眠的长夜里，也要生出甜美的力量刺穿绝望，树立起苍凉与执着的里程碑。

　　生命若开始知足，本身就是一场浪费。我的生命中最多的是追逐，我有的是才华和情感让我挥霍。

　　有些事情不如遗忘。遗忘若真的美好，我就坚决不让它们有任何复苏的机会。无法遗忘的，就让我用整整一个森林的火势燃烧并将往事覆盖，在荒芜的土地上开始缓慢而圣洁的重生。我的爱人宽容我的复杂历史，但亲吻我的清白灵魂。

一切的一切，当我在完成我的《炼·爱》以后……

——阳 阳

图书在版编目(CIP)数据

炼·爱 /阳阳著.－上海:上海三联书店,2005.8

ISBN 7－5426－2175－0

Ⅰ.炼… Ⅱ.阳… Ⅲ.散文－作品集－中国－当代
Ⅳ.I267

中国版本图书馆 CIP 数据核字(2005)第 098254 号

炼·爱

著　　者/阳　阳

责任编辑/王　韬
装帧设计/范峤青
监　　制/林信忠
责任校对/张大伟

出版发行/上海三联书店
　　　　(200031)　中国上海市乌鲁木齐南路 396 弄 10 号
　　　　http://www.sanlianc.com
　　　　E-mail:shsanlianc@yahoo.com.cn
印　　刷/上海市印刷七厂印刷

版　　次/2005 年 8 月第 1 版
印　　次/2005 年 8 月第 1 次印刷
开　　本/890×1240　1/32
字　　数/192 千字
印　　张/9.875
印　　数/1—10000

ISBN7－5426－2175－0
I·264　定价 25.00 元

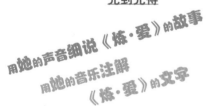

阳阳／著

炼·爱

True Love